完本 戒老録

増補新版

自らの救いのために

曽野綾子

祥伝社

完本　戒老録　増補新版

まえがき
――自己救済の試み

計画どおりの人生はあるのか

いつの頃からか、私は自分の老いを戒《いまし》めるものを書いておかねばならない、と思い始めていた。その芽は、私が三十七歳の誕生日を迎えた日に発していたようにも思う。その日、私は「さあ、これで、私も人生の後半に入ったのだ」と自分に言い聞かせた覚えがあるから。

私は自分の若さに対する執着をあまり感じたことがない。若さは、未熟で、なんとなく恥ずかしかった。滑稽《こっけい》でもあった。安定という点でなら、私は二十五歳の自分よりも、三十七歳の自分のほうが、まだしも少しは信用できるように思った。

二十五歳の時、私は何と狭量だったか。狭量さのことを、人々は純粋というのだろうか。私はある意味では、暗い育ち方をしたから、幼い時から純粋であったことなど一度もないような気がする。私は純粋でもないくせに、ただ狭量であった。

それが四十歳に近くなるにつれて、少しそうでなくなった。それは私が、他人の立場を推察できるという技術を、遅まきながら、少しずつ身につけるということができるようになったからであろう、などというと、何という体裁《ていさい》のいいことを言っているのだろう、と我ながら思う。つまり、私はそれだけいい加減になったのだ。いい加減な自分を容認するためには、都合上、他人のいい加減さも認めなければならない。私はほんの少しだけ、確かに、どの人にも、その人がその人である必然的な理由が背後にある、と実感として思えるようになった。それで私はいよいよ考えの筋道に混乱をきたし、歯切れが悪くなり、反社会的になった。

しかし、この混乱を、私は実は味わいながら受けとめている面もあった。他の人のことは知らないが、私にとって、年をとって、世の中が見えて来る、ということは、この新たな混乱を正視する立場に立たされることだ、と思ったのである。私は若い頃より、複雑に、何重にもなった物事の裏を考えられるようになった、と思った。ということは、しかし、物事の背後には無限の深みと隠された部分があることがいよいよ見えて来るということで、私は一足前に進むごとに、ますます見えない部分があることがわかるだけであった。

四十にして惑《まど》わず、という言葉は、私の実感によれば、一段、表現に省略が行なわれていると思う。四十になると、とうてい先を見尽《つ》くせぬという絶望がかなりはっきりするから、多く望まなくなって、したがって、最善ではない、次善かその次くらいの道を淡々と選べるようになるのである。

私は人生の後半にさしかかって、決してもう若くはないけれど、老境を理解するまでにはまだまだ遠い。老人の心をわかったなどと言ったら、私は先達《せんだつ》たちに非礼を働くことになるだろう。現実とその予感とは明らかに違う。しかし私はその予感に捉《とら》われたのであった。あるいは身近に、親たちの世代と暮らして、年をとるということのむずかしさを、しみじみ味わったからかもしれない。

どういう年寄りになりたいか。私は折りにふれて考えるようになった。年をうまくとるという作業は、年をとってから始めたのでは遅いのではないかと私は思うようになった。子供の時に大人になる準備をするように、老人になるために人間はもしかすると中年から、多少学ばねばならないのではないか。もっとも、準備したからといって、決して「備えあれば憂《うれ》いなし」ということにはならない。今の老人の世代も中年の時、戦前の日本の社会形態をもとに老年の生活設計をしたはずであった。お金を溜《た》め、自分が姑《しゅうとめ》に仕《つか》えてやって来たように、自分が年をとれば、また、嫁が仕えてくれるだろう、と考えて来たに違いない。

経済上でも、意識の上でも、彼らはことごとく計画が狂ったのだ。

しかし、私はその点で、その世代の人たちに特に同情しようとは思わない。逆に、計画どおりになった人生などあるものだろうか。

若さを保つ方法などありはしない

私の子供時代に、大きな心理的な影響を与えて去った第二次世界大戦は、あらゆる思想、国家形態がくずれるさまをありありと見せつけた。私は予測のできぬことと、崩壊の感覚に馴《な》れた。もう一つ、そうした混乱の中にあっては、ごく限られた偉大な意志の持主以外、庶民はすべてその根本の姿勢において卑怯《ひきょう》者になるほかはない、ということも知った。この私の考えはまちがっているかもしれない。しかし、それだからといって、私は厭《えん》世《せい》的にもならなかったし、いわゆる人間不信にも陥《おちい》らなかった。それが私の――貧しくはあっても――人間把握《はあく》の一つの方法であった。

今、私は自分の老年を展望するつもりでいながら、それがまったくの、無駄な作業であるかもしれぬことをしみじみ感じている。

第一に、私のこのメモは、平和な状態を基本に考えられていることである。しかし、私は三、四十年後に、戦乱の荒野に立っているかもしれない。そんなことがあってはならないことだが、平和において考えられる不安や憎悪は、戦乱の中ではまったく影をひそめることもあり、新たな動物的な人間関係の生じることもある。

第二に、私は生きていないかもしれない。老年を体験しないということは、一種の貧しさであるが、それも人間の運命の中に組み入れられている。そして老年を迎えないものが老後の心配をするなどということは、杞憂《きゆう》というより、滑稽である。私は本当は怠けるのが好きで、必要なことでもできればしないでおきたいくらいだから、生きないことがわかっているのだったら、決してこんなよけいなことはしないと思う。しかし、人間は、滑稽な、ごくろうさまなことも、時にはするはめになってしまう。

私が実際に一冊のノートにメモを書き出したのは、一九七一年の十一月だが、それはまんざら偶然ではないようにも思う。一九七一年の九月に私は満四十歳になった。私はその時ヨーロッパにおり、十月の末になって日本に帰って来た。このヨーロッパ旅行では、私はアウシュヴィッツに立ち寄り、激しい衝撃を受けた。私は生まれて初めて、といっていいほど、神と人間の問題を重苦しく考え続けた。その翌月から私は、こんなものを書き出したようである。

その時、私は「四十にもなったのだし急がなければ」と思ったことを覚えている。それは、いつでも書けると思っているうちに、私の自分なりに思い描いている老人像と現実の私がくっついて来てしまいそうに思えたからだった。

よく年寄りは「若い者に年寄りの気持ちはわからない」と言う。まったくそうなのだろう、と思う。その場合の若い者というのは、他人である。しかし私は一つの実験のように年とってから、自分が四十歳の時に書いたものを読みなおし、未熟な考えや気負いをふりかざしていた自分の若さを自ら告発すべきように思ったのである。

同人雑誌に加わった十八歳の時以来、私はまとまったものを、ノートに書きつけたりしたことはなかった。私の小説を同人が雑誌にのせてくれるかくれないかわからなくても、いつか誰かに読んでもらうためにも、原稿用紙に書いていた。それが今度ばかりはためらうことなく、ノートに書いて、誰にも見せなかった。

そういうものが活字になることになったのは、さまざまな時の流れによる。怠け者の私は、その流れにのることを、はじめかなりためらったが、結局は、出版してくださるという方の言われるとおりにした。一般的な身の処し方として、私は何かに流されるという感覚ほど、気楽で好きなものはないからである。

若さを保つヒケツとか、私の老化予防策などというのを、新聞や雑誌から聞かれるたびに、若さを保つ方法などありはしないと思っていると答え、老化予防に関して私なりの戒老録を書いています、と答えていたのがこの本が印刷されるようになったきっかけである。もっとも「戒老録」などという、ものものしい表題をつけることはいざとなると困ると思った。「戒老メモ」はどうでしょう、と私は提案し、出版社に「締《しま》りがない」と断わられた。ああそうですか、とこの時も私は引き下がった。私はいつも本の内容は多少気になるが、表題になると、どうでもいいような気がしてしまうのである。

しかし、私は今でも、この本を出すことにためらいを感じている。それはこの本が、一見すると老人を告発するような要素を含むようにみえるからである。私は本屋さんが、この小さなメモを六十歳以上の方々には売らないことを希《ねが》う。本当ならそれを表紙の一部にでも「書店さんへのお願い」として刷り込みたいくらいだ。しかしそのような言葉は、逆に一種のキザな宣伝の文句だと思われるだろう。だから、私も何も言わないつもりである。

人を信じることと信じないこと

先にもふれたように、この本はあくまでまだ非老人である自分に向けたものである。決してこの中の条項に当てはまらない年とった方々に向かって、その非を鳴らすために書いたものではないし、また、この内容がまかりまちがっても、若い世代から、老人への非難の道具に使われるようなことだけはやめてもらいたい。

しかし、本当のためらいの理由は別にある。私は今までに自分の運命を左右するような大きなことでは、予測どおりになったことが一つもないのである。希望が叶《かな》えられたことはある。しかしそれは予測ではなかった。この事実は、私に、改めていやな予感を感じさせる。私はこのメモの中に、きわめて個人的な趣味による願わしい老人像を書いた。予測が一つとしてそのとおりになったことがないので、その前例を踏めば、私はそのような老人になれないわけである。私はまったく違った種類の精神を持ち、このようなものを書いた自分の分身に対して激しく怒って牙《きば》をむくのであろうか。

何もこんな愚かしいことをしなくてもいいはずである。しかし——私はこのごろ、しだいに愚かしさも好きになった。迷ったり、愚かしかったりすることがなかったら、それは、もはや人間ではない。人間を信じることと同時に、人間を信じないことも必要である。人間を信じない人間だけが、あるがままの人間を認めようとするのかもしれない。私はまったく信じられない自分を前に引き据《す》えるほかはない。

このメモは、先にも述べたように、きわめて閉鎖的な、個人的な、しかも利己的な視点の上に立っている。私もまた物心つくと同時に心理的に二重視ぎみの性格であった。社会の一員として、市民の一人として考えたり望んだりすることと、個人として考えることが、一致したことはまずなかった。

私はこの日本をいい国だとは思うが、およそ国家とか、社会とか名のつくものを、どうしても根本から信じることはできない。なぜかと言えば、それらは組織上、人間を集団として扱うが、人間は集団の一員としては決して根本から解決されないものだからである。

かつて、私の知っていた老婦人が、動脈硬化で倒れ、死までの一年ほどを、医療保護患者として病院に入院していたことがあった。彼女は、物事はわかっていたが、口もきけず身動きもできなかった。病院ではおむつを二十四時間に二回とり換えていた。それ以上は、人手がなかったのである。したがって彼女が乾いたおむつをあてがわれていた時間というのは、ごく短かったに違いない。彼女には何もなかった。体力も、表現力も、金も……私は、そのような患者には、規則として、一日に六回以上はおむつを換えることを義務づけてほしいと思う。私にはよくわからないが、人権、とはおそらくそのようなものである。少なくとも一九七〇年初めの社会状況はそんなものであった。

私はこのような老人に関する実生活上の不備がなくなることを希望する。そして近い将来には、寝たきりの老人の食事の世話をする人が誰もいない、などということはなくなるような社会が来ることを信じたいし、それはまちがいなく、あり得ると思う。しかし、私はすでに、今までに、衣食住のみちたりた人間の陥《おちい》る不幸についても見すぎて来た。人間はなんと無限の可能性を持つものであろう。動物として生存に適した環境を与えられれば与えられるほど、人間の精神はまた別の不満に責めさいなまれることになるのである。三度の食事がまともに与えられないうちは、そのことが、不満の明確な目標になるが、三食食べさせてもらうようになると、その質がもっと大きな不満の種になりうる。人間は孤独にも苦しむが、集団にも憎悪を抱くのである。

社会的な市民としての私は、老後の組織的な収容施設その他を要求するが、個人的な私は、そのようなものを、実はまったく信じない。

きわめて個人的な利己的な立場から、私は老人がまったく自己を失うほどに惚《ぼ》けることについては、ほとんど恐怖を抱かない。自分がそうなればもはや苦しくないからである。申しわけないが、誰かがその点について苦労するのだろうが、それは私の知ったことではない。それがいやなら、私はどこかへ公然と棄《す》てられるだろうが、惚けてしまっていれば別に淋しくも辛《つら》くもないだろうから、平気である。

私が恐れるのは、自分にまだ意識が残っている場合である。老いを自覚でき、主観的に苦しむ立場におかれた場合が怖《こわ》い。私が何とかして不可能に近い自己救済をしようと試みるのは、そのような、内面的に測定しうる老いに対してである。

このメモを本にすることになった時、私は条件の一つとして各項目毎《ごと》に、ページに余白の部分を残してもらうことにした。原稿の枚数が足りないから、わざとあちこちを白くして、本の体裁を整えたのではない。

ここに書いてあることの、どれ一つをとってみても、私はそれにまったく反対の生き方があることを肯定する。まことに「人生に定説なし」なのである。

おそらくこの真理は、私のメモを読むことによって確実に読者の心に惹起《ひきお》こされると思うのである。私は正しいと思って書いたのではない。このような生き方が、目下のところ私には「よさそうに思える」からに過ぎない。当然それは個人によって是正されねばならない。余白はそのためである。この本の本当の意味は、めいめいによって書き込まれたその部分にある。私にとってもまた、訂正のために、その余白は必要なのである。

昭和四十七年十月一日

二番めのまえがき

——晩年のはじめに

私の好きな言葉は「晩年」

最初にこの本ができてから、十年の歳月が流れた。その間、幸いにも私は健康に恵まれ（眼の手術を受けて視力をとり戻すということはあったが）比較的充実した十年間を過ごした。そして五十歳になって、私は半分「当事者」になったような気がしている。

老後のことを熟年という言葉で表現する言い方があるが、私は自分には似つかわしくない、と思っている。なぜなら私はかつて熟した人間であったことがないし、これからも熟さぬままに干《ひ》からびるに違いないと思っているからである。

私が好きな言葉は「晩年」である。晩年は何歳でもあり得るし、ある詩的な静けさと優雅さを感じさせる。私は今、晩年の初めにいると思っている。私は死を思わぬ日は一日もないが、過去の話ばかりするようなことは全くない。私はまだ、今日と未来の真只中《まっただなか》にいる。しかし揺《ゆる》ぎなく晩年である。

もっともこの晩年という言葉は、私より少し若い世代の女医先生からは、不適当、と笑われた。晩年というものは、もう少し枯れて品位のあるものだそうである。

考えてみると、私は幼児からひじょうに早熟である面があったと思う。小説家は実際の年齢より生きる姿勢においてナマイキであることが必要だから、私はものを書くのに適していたのかもしれない。最も望ましい姿は、青年期には早熟であり、老年になるといつまでもふけないことだが、私は早熟のついでに多分早々とふけこんでしまうタイプだと思う。だから晩年などという言葉が好きなのである。しかし、もし私が、ひとより十年か二十年か三十年早く、晩年の実感を持てたら、それはまた悪いことではない。それほど長い期間、死を考え続けられるということは、やはり一つの贅沢《ぜいたく》だからである。

「もらい」「与え」「もらう」

この十年の間に、私は何歳から、あるいはどのような人が老人なのかを折々考え続けた。年金を受ける年から、定年退職の年から、というような分け方は当てにならなかった。人間の老化の程度は実に人によってさまざまだからである。もっと厳密に言えば、一人の人間の中でさえ、一つ一つの器官の老化の進みぐあいはまちまちである。私の場合、関節は比較的柔らかく行動も素早いが、生まれつきの近視の影響もあって、眼の老化はひとより二十年もしくは四十年も早く、あらわれていたようである。

私は今、比較的誰にも当てはまり、かつ、主観と客観の一致する方法として、「もらう」ことを要求するようになった人を、何歳からでも老人と思うことにしている。

人間は子供の時には、まずもらうことから始まる。おっぱいを飲ませてもらい、オンブをしてもらい、やがて学校へ行くようになるとランドセルを買ってもらい、おべんとうを作ってもらう。これが十五年から時とすると二十年以上も続く。

しかしその子はやがて独立し「与える」側に廻る。妻子を養い、子供を教育し、年老いた親を庇《かば》う。そして何十年かたつと、彼は老い、再び自然に子や孫や社会から、手助けしてもらい、与えられる立場に廻る。

しかし彼が本当に一人前の人間であった期間には、彼は何歳であろうと、誰かに何かを与えていたのである。それゆえ、真の成年というものは、肉体的年齢が何歳であろうと、与えている人であり、もらうことばかり要求している人は、どんなに若くとも老人である、という考え方である。この徴候は自他共に明確にわかるから単純でいいのではないかと思う。

「ありがとう」と言える心を

それでは、若いうちから不運にも病気が出て、受けるほかはなくなった人は、二十歳で老人と言われなければならないのか、ということになる。そんなことはない。もしその人が最低限、感謝の心を持ち、身のまわりの人すべてに「ありがとう」と言うことさえできれば、それは看護をする人々に喜びを与えるから、彼は立派に成年であって老人ではない。

もう若くもない五十歳という年齢が、こんなにもおもしろく複雑な魂《たましい》の世界をくり展《ひろ》げてくれるとは私は思わなかった。もっとも五十歳に相当するいやなことがないわけではない。私は自分の顔を見るのがいやになったし、体にある程度気をつけていなければすぐ老化しそうなことにうんざりしている。しかし驚くべきことに、青春さえも本当に理解できるのは、晩年になってからだということを、私はこの年になって知ったのである。今にして青春の陰影の一切《いっさい》を静かに鮮《あざ》やかに思い浮かべられることの何という豪華さよ、という感じである。

改訂版というものは、本来はけずる部分もあるものだろうが、今回私は加筆しただけである。十年前の自分の至らなさに気がつかないわけではないが、私の晩年の表現は、自分の未熟さを隠しても仕方がない、という形になってもあらわれている。そして最終のところで、私が人生に対して定見がない、ということは十年前と全く同じである。

昭和五十七年五月一日

三番めのまえがき

——私は感謝して死を迎えたい

「人はただ限りなくその人である」だけでいい

一九九六年の九月、老人の日の頃に（数日違うが）私は法律上の老人になる。自分がそんな年になるとは思ってもみなかった、という人がいるが、私は少しもそうは思わない。私の外観は若い時と断絶しているが、私の意識や感覚や性癖《せいへき》は、全く恥ずかしいほど、若い時からずっと繋《つな》がっているという実感がある。一人の人間として、自分の中に連続性を意識できるということは、やはり一つの幸せだろう。

前々からその気配はあったが、実はこのごろ、私は誰がいい人で、誰が悪い人か、ますますわからなくなった。「人はただ限りなくその人である」だけで、うまく行けばその性格を生かして使ってもらうことができるが、うまく行かないと、社会の足を引っ張ることになる、という仕組みがわかっただけである。しかしどうしたらうまく行き、どうしたらうまく行かないか、今もってその絶対の条件さえもわかっていない。

そしてまた私は、人がその人らしいことを好きであるようになってから、その人が変わることさえも望まなくなった。私がその人と友だちになったのは、その人が昔からそうであり、そのままが好きだからである。

お互いに理想からはほど遠いかもしれない。気が短かったり、のんびり屋だったり、言葉がきつかったり、ロマンチックだったり、惚《ほ》れっぽかったり、几帳面《きちようめん》だったり、掃除が嫌いだったり、すぐものを棄《す》てる癖があったり、賭《か》け事が好きだったり、ケチだったり、風呂嫌いだったり、常識が足りなかったりする。

しかし私がこの年になるまで、その人を好きだったのは、そのままでよかったからなのだ。変えたり、変わったりしたら、むしろもうその人ではなくなる——。

そう思えるようになったことが、年を重ねたことの意味だと思う。自分も人も、その人間の個性と連続性の上に立って考えられる時、多分私たちは人や自分をすばらしいものとも思わなくなると同時に、徹底的に拒否するような考えにもならないと思う。

人間は最後まで不完全なのが自然である

どんな人もいなくては困る。

「すべて存在するものは、よいものである」というトマス・アクイナスの言葉に打たれたのも、中年を過ぎてからなら、「おお、幸いなる罪よ《フェリックス・クルパ》」というキリスト教の逆説的表現に心が温められたのも、やはりそれ以後である。意識的に人を殺したり、放火をしたり、他人の生活が成り立たなくなるほどの決定的な経済的打撃を与えることはいいことではない。しかし、それ以外のささやかな悪や罪には「それを通して人間を知り、人間の運命の限界を見極《きわ》める」力がある。そしてまた、どんなによい人間であろうと努めても、人間は生きている限り、多少なりともこの地球を汚し、他の生命を奪い、他人が得るべきであったものを収奪して生きる運命にある、ということもわかって来る。

自分で生まれて来たくて生まれて来たのではない。だから少々の悪をなすこともお許しください、と私はのんびりした気分で謝《あやま》る。そういう心の姿勢以外に取る方法がないことを感じて来たのである。

このことを敷衍《ふえん》すると、これから惚《ぼ》けて来ても私がそうしたくてしようと思っているわけではありません、どうぞお許しください、ということに尽きるだろう。

人間は最後まで不完全である。それでいいのだろう。自分が完全だと思っている人なんて、恐ろしくて付き合う気にもならない。しかし、自信がないままに生涯を終わるということはほんとうに自然である。私はその人並みな自由を享受して、感謝して死にたいのである。

平成八年春

文庫判のためのまえがき

三十七歳の誕生日に、この『戒老録』の元になったメモを取り始めてから、もう長い年月が経った。初めて本になったのは一九七二年だが、それから細々とこんなに長く出版が続けられるとは思ってもみなかった。

考えてみれば、人生はすべて過程である。これで完成ということもなければ、これで失敗ということもない。たとえばすべての小説は、ほんとうは毎日毎日手直しを続けなければならないもので、そうなると一生かかっても本にできない。だから私たちは作品を未完製品のまま世に出すことを諦《あきら》め納得し、現状を柔らかに受け止めて謙虚になる他はないのである。

年齢も同じである。

若い方がいい、と人は誰でもが言うし、それはもちろん単純な真実だ。若い人は美しく強く活力に満ちている。しかし複雑な真実はそうでもない。私たちは、私たちが立っている現在の地点と時点を愛し、それをいとおしみ、それを貴重に思って生きる他はないのである。

この本も同じ運命にある。もし私が百歳まで生きたとして、この本に眼を通したら、私は自分が七十歳以前には何もわかっていなかった、と思うだろう。しかしそれを言っていたら、私は何一つとして思うことも発言することもできないだろうし、そうこうするうちに、何も考えずに死ぬことになる。

私は過程に生きている。だから過程に死ぬだろう。過程に学び、過程に迷い、過程に愛し、過程に見苦しく振る舞うのが、人間の生きる自然の姿なのだと思う。私の周囲は、こうした過程を許してくれる心温かい家族と友人・知人ばかりだった。感謝と共に、この本を出版できる理由である。

一九九九年八月

増補新版のためのまえがき

どんなに備えても人生で完璧な用意をすることなどできない。しかし用意するのとしないのとでは、少しはちがう。ほんの一例をあげれば、私だけのおかしな感覚だが、自分の手が泥などで汚れるだけで、私は物が考えられなくなるので、断水の時に備えて貯水の趣味をもっている。時々ペットボトルの水を買い、飲んだ後で水道水を入れて、栓《せん》をして軒先に放り出しておく。壜《びん》の外側は泥をかぶって汚くなるが、中の水はいざという時に手足を洗うのに役に立つ。まずこの水で思考が自由になるように顔や手の泥を落とし、それから非常時の後始末を考えるようにしたい。

この程度に運命の変化を予測して老後に備えるのは必要だ。

死後の財産の分配法など、ヒマな時間に考えるのを悪いとは言わないが、総じてその配慮はむだになる。つまり遺志・遺書通りにならないことが多いし、相続人が受けた財産がその人に幸福を与えるどころか、むしろ不幸の種になることもある。

その点、法的に決められている富の配分は結果がいいように見える。それは大して大きな幸福も与えないが、その人の運命の足を引っぱるほどの重荷にもならない。つまりすべてこの世で受け取る幸福も不運の量も軽いのがいい、と私が思うようになった理由である。

大東亜戦争の終戦時、十三歳の少女だった私も、米軍の空襲などに備えることを覚えた。しかしどんなに備えても、直撃弾に当たれば、人間は死ぬほかはない、人間は浅知恵を働かせて、防空壕を掘って死を避けようとしたり、食料を備蓄したりしようとした。そうした行為自体は、頭と心のいささかの救いとして、すること自体は悪くはないが、しかし、それで完全に身の安全を保持できたこともなかった。

それを考えれば、頭と心の老化から身を守ろうとすること自体、人間の思い上りかもしれないが、それでも、やってみないよりましかもしれない。

若い時、私がお世話になっていた編集者の中には、まだ老年というには若すぎる年なのに、仕事に耐えなくて退職した人がいた。後で周囲から聞いてみると、まず仕事量の多さが健康を害したと思われるが、それに加えて食事の片寄りと夜毎《ごと》のお酒が原因であるようにも思えた。大手の会社の編集者の中には、昼はかつ丼、夜はうなぎ丼などという出前を編集部で取ってもらって、それで連日を生きているような人もたまにはいた。第一級の

「仕事の虫」である。会社も手厚くもてなしたつもりだろうし、それで続くのだろう、と私も甘く思っていたが、そうした食生活の結果は、あまりよくないようだった。まだ老年というにも早い年に何か体に故障が出て、いつの間にか、私の本の出版を考えて下さることもできなくなっていて、私は心をいためた。

やはり人間には、限度というものがあるのだ。そしてその体力の限度に謙虚に従うことを運命は要求しているようだった。天下の秀才なら、健康寿命が二十年長いわけでもないのである。

誰でも、分をわきまえて、ほどほどの仕事をして満足する心境にならなければならない。秀才ほど、自分は他人にはできない驚異的な量の仕事ができる筈《はず》だと思うらしいが、そんなことはない。私のように老年になって「人間の生涯」をたくさん眺めてくると、秀才も凡人も一生にして来た仕事の量はあまり変わらないように見える。

落ち込みかけていた会社の再建に、大きな力を与えたような人の人生は、功績も大きかったように見えるが、そういう人が家庭生活では妻に優しくなかったり、障害者の子供の面倒をあまり見られなかったりする。会社に大きく貢献できた人は、自分の親にあまり尽くすひまもない。

自分の能力の限界を知り、生涯の持ち時間の総量を考え、どんな偉くても人間一人が八、九十歳までにできる仕事を認識していれば、自分をどの程度使うかについても、目安が立てられるだろうと思う。

「自分の一生をコントロールするのは、厳密な意味で自分しかいない」という当然すぎることに対して、私たちは、もっと謙虚にその現実を認識すべきなのだろう。

二〇一九年四月

曽野綾子《そのあやこ》

目次

1

きびしさによる救済

2 生のさなかで

3

死と馴《な》れ親《した》しむ

ブックデザイン　五十嵐久美恵 pond inc.

1

きびしさによる救済

他人が、何かを「くれる」こと、「してくれること」を期待してはいけない。そのような受身の姿勢は、若い時には幼児性、年とってからは老年性と密接な関係を持つものだからである。

わずかな金銭、品物から、手助けに至るまで年寄りはもらうことに信じられないほど敏感である。この心理状態があらゆる場面に強く感じられるようになったら、それは老化がかなり進行している証拠と見ていい。

昔から、人間の最も基本的な（原始的なと言うべきかもしれない）生活態度は自ら自分に必要なものを取ってくることであり、次に弱いものに与えることであった。幼児に食物を与えることは、種族保存のために必要な行為であり、一人前の成熟した人間は、自分のためには自分で働き、同時に弱いものにはさまざまなものを与えたのである。

『くれる』ことを期待する精神状態は、一人前の人間であることを自ら放棄した証拠である。放棄するのは自由だが、一人前でなくなった人間は、精神的に社会に参加する資格も失い、ただ、労《いたわ》ってもらうという、一人前の人間にとっては耐えられぬ一種の「屈辱」にさらされねばならぬもの、と自覚するべきであろう。

「……何ほどかは、ほかの人間のために生きているということを認めること以上に、幸福感を与える感情はないであろう……」と、ドイツの神学者・ボンヘッファーは言う。老いは、機能的に、あるいは自らの意志で、その幸福の放棄へと向かうものであることを示している。

肉体がきかなくなったから、してもらうほかはないのだ、という言い方が言い訳に使われることも多い。

どこで聞いた話か読んだ話か思い出せないのだが、体の不自由な老女が、毎夜、道に面した窓の傍《そば》に、あかりを置いて、じっと坐《すわ》っているという話が私の記憶の中にある。

それは、そこを通りかかる旅人のためであった。長い道のりを暗闇《くらやみ》の中を歩いてくる人を迎える灯《ひ》であった。自然の威圧の中に、小さなあかりが見える時、旅人はほっと人間の優しさを感じるのである。

人間の存在が、灯になり得るということである。他には何の働きもできぬ老女でも、他人にただ光を与えることによって、彼女自身も他人のために生きるという人間の本質を維持し、しかもそのことによって、幸福を味わうことができるのである。

してもらうのは当然、と思わぬこと。
年寄りだからといって、してもらう権利があると思うのは、錯覚。

「行政上の老人」としては、してもらう権利があるであろう。しかし精神を持った人間としてはそうではない。今は若い人まで、社会や国家に何かを要求し、してもらうのが当然と思う時代である。

しかし根本は、決してそうではない。老人であろうと、若者であろうと、原則はあくまで自立することである。自分の才覚で生きることである。

もっとも私たちは荒野ではなく、人間社会の中で生き、人間社会のルールにしたがって自分の欲望を犠牲にする面もあったのだから、その反対給付として、社会に保証のようなものを請求するのも当然かもしれないが、してもらうという立場は、その結果のわりに意外と当人にしあわせを与えないものだということを、はっきりと覚えておくべきだと思う。

自立の誇りほど快《こころよ》いことはない。社会にしてもらってもいいが、そのほかの部分では、自分が自らすることの範囲をできるだけ広く残しておかなければ、欲求はますますふえ、そのために不満も比例して大きくなるのである。

メモ

自分でできぬことは、まず諦《あきら》めること。

これは壮年にとっては自明の理なのである。特別な環境にいる人でないかぎり、私たちは原則として、自分でできぬことは諦《あきら》めることを承認しているはずである。

しかし、老齢化とともに、この範囲はしだいにせばまってくる。それを比較的素直に受け入れられる人と、そうでない人とがはっきり分かれてくる。

自分でできなければ、食べることも諦めよ、というような極論を、私はここで出そうとしているのではない。どちらかといえば順調な暮らしをしてきた人々の中に、高齢になっても、何とか自分の最盛期の生活方法を保ちつづけようと悪あがきをする人がいる。

しかし、人間と、その外側の社会との間にある原則は、そうそう変わるものではない。自分でできぬことは、老年といえども、無理なのである。自分は老人なのだから、そこを何とか、はたでやってくれてもよさそうなものだ、と思うところに、老化による甘えがでてくるように感じられる。

「そこを何とか」とは、何ともならぬ状態を確認しながら、それを認める不都合に耐えられぬ人の発明した、きわめて日本的な言葉だという。

このような場合、初めから、それはムリだ、と諦めてしまう人と、何とかなりそうだ、と思っている人と比べると、ムリだと諦めるほうが私は楽だと思う。

若い者であろうと、高齢者であろうと、人間に平等に与えられた鉄則がある。それを、老人に向けられた非難の手段だと取ることはやめなければならない。

メモ

老人であることは、肩書きでも、資格でもない。

老人であることが、一種の資格だと思っている人がいる。バスの中で、老人に席を譲《ゆず》らぬ若者がいた。すると老人は、譲ることを要求したのである。若者のほうも黙っていなかった。自分は今日、疲れていたので、バスを一台待って、すわれるのに乗ってきた。あなたもすわりたかったら、空《す》いたバスをお待ちなさい、と言い返した。

目下の情勢では、世間はこういう場合、老人に味方するであろう。しかし、老人だから譲ってもらう資格がある、とふんぞり返っていいものでもない。

こんにち、まだ老人に無料パスや老人医療費支給制度を作ったりできる。しかし四人に一人は老人という時代が、間《ま》もなくやってくるとき、老人であることが、肩書きや資格として通用するわけはない。また、たとえ制度がどうあろうと、経済が許せば、バス代も薬代も払おうと私は思っている。そのような自立の気構えが、精神の若さを保つうえで、実は非常に大切な要素になっているから、それは自分のためである。

身内の者になら、何を言ってもいい、と思ってはいけない。
身内の者になら、どんな姿を見せてもいい、と思ってはいけない。

年老いれば、すべてが許されると思う人がいる。それも一種の甘えである。世間に対しては、言っていいことと、悪いことがあることさえ、わからなくなる。家族になら、老人なのだから、どんな口のきき方をしてもいい、態度を示してもいい、という厚かましさを見せるようになる人もある。

家庭は心を許してもいい所なのだが、それでも、相手を傷つけるようなことを、平気で口にしてもいい、ということはなり立たない。

「私くらい年をとれば、少しぐらい何を言ったって許されるのよ」

と言った老女に会ったことがある。そうだろうか。この一見無邪気さと見えるものに、人々はただヘキエキしただけなのだ。他人が我慢していることを、彼女は許された、と勘違いしたのである。

これは老人との関係に限ったことではない。家庭内では心を許してもいいというが、それだからといって、不愉快さをのべつぶちまけてかまわない、ということでもなく、相手の急所を突いてもいいと許されるわけでもない。

むしろ家庭内の表現には、夫婦であろうが、親子であろうが、気楽さと、慎《つつ》しみと、労《いたわ》りと、折り目正しさがいる。年をとろうが、そのどれ一つが欠けてもいいというものではない。

子供のほうからすれば、仕事が忙しくても、週に一度、それが無理なら月に一度、それも無理なら春夏秋冬それぞれの季節に一度ずつ、それさえも無理なら、年に一度は「義務として」でも親を訪ねることに決めたらいいのである。

その時、親のほうでもできるだけ家を整え、衣服もこざっぱりしたものを着て、楽しい話題を用意し、間違ってもその機会を愚痴《ぐち》をこぼしたり、文句を言ったりするチャンスだと思ったりしてはならない。自分の体力と収入の範囲から、できるだけ心のこもったごちそうを用意して、礼儀正しく迎えるべきである。

親子には、お互いに少し、努力している部分があって自然なように思う。しかしそれは、普通の親子なら、決して冷たい関係にはならない。お互いに、「ああ、時間を割《さ》いてくれて大変だったろう」「親父（母親）もあれでけっこう明るい顔で頑張ってくれてるんだ」という感謝と尊敬に変わるものである。それが、成人した子供と親の関係だという気がする。気を許して、親はほっておいてもいいものだ、というわけでもない。子供には、どんな姿（弱み）を見せてもいい、というわけでもない。

✎メモ

孤独、貧困、病苦など、自分の苦しみがこの世で一番大きいと思うのをやめること。苦しみは誰とも、較《くら》べられない。それゆえに自分が一番不幸ということもない。誰も同じ。

このような表現をするのは、主に老女に多いから、これは老年特有のものではなく、女性特有の表現なのかもしれない。確かに「私は不幸だったけど、あなたは何の苦労もおありにならない」という奇妙な表現を、私は比較的若い女性の口から聞いたことがある。

この性癖はしかし、年をとるにしたがってしだいに強くなる。老年は自分中心になるのである。老人は、正直なところ、外界にもはや旺盛《おうせい》な興味を持つことができない。自分とは無関係の外界に興味を持つという能力は男性的なものであって、女性には、やや欠けている力だから、女が年をとると、いよいよ、外界は稀薄《きはく》になるのである。

外界が稀薄になった場合には、自分の置かれた境遇を、人間の共通の運命、総括《そうかつ》的な社会の状況の中で捉《とら》えることなど、とうていできなくなる。それでいて、「自分の不幸は一番」と思いこむのである。いや、外界が見えないからこそ「自分は一番」と言いきれるのである。社会を見ていれば、私たちは、あらゆることの限度のなさに、息をのむばかりである。はた目には目も当てられぬひどい暮らしをしながら、けっこう楽しがっている人に驚き、あんないい生活をしていて、何が不幸なのだろうとびっくりし、何が何だかわからなくなるから、自分が一番不幸でもなく、一番幸福でもないことだけはわかった！　という気分にならざるをえない。

外の生活が意識になくなると、逆に他人の心を、外側からおしはかることができると信じる非礼を犯す。ある時、私は二人の女性の会話の場に居合わせたことがある。

「あなたのところの赤ちゃんは、いつもすやすや寝てて楽だったわねえ。うちの子はそこへいくと、自家中毒ばかり起こして、本当に大変だったの。子供育てるのだって、あなたと私では苦労が違うわ」

とさらりと言ってのけたのは、やや年上のほうの老婦人であった。すると、楽だと言われたもう一人のほうが答えた。

「でもね、奥さま、私はお宅と違ってお金に困っておりましたから、子供の傍《かたわ》らで指から血を流して内職してましたの。時々奥さまのことを考えて、おたくはお手伝いさんが三人もいらして、ほんとうにお楽でいいなあ、と思っていました」

「あら、お手伝い三人のうち、二人は、舅姑《しゅうとしゅうとめ》用ですよ」

「それでも……」

考えてみると、これは相手をほめ合っているようで、ずいぶん失礼な会話なのである。お互いに相手が大変だったでしょうといたわる気はない。なんとかして自分の苦労だけ証明しさえすればいいと思っている。

✎メモ

自分の生涯は、テレビ・ドラマか小説になるほど劇的だ、と思うのをやめること。長寿になると、自叙伝を書いたり、句集や画集を出す人たちがふえると思う。その扱いについて、いささかの自制を持つこと。

もちろん、一人一人の人生はどれも同じように尊く重い。しかし中には「私ほど苦労した人はいませんから、私の一生こそテレビ・ドラマにするといいと思います」と話を売りこむ人がいる。

ほとんど百人中九十七、八人までが、自分の一生はテレビ・ドラマのようだ、と思っているのである。自分だけを特殊と思うのはやはり甘いのかもしれない。しかしその反面、総《すべ》ての人生に対して深い敬意を払わねばならない。どんなに凡庸《ぼんよう》に見えようとも人間の一生は（それを見抜く目さえあれば）どれも偉大であることがわかるからである。

この頃、自分史を出す人も増えてきたが、その配り方に配慮があるといい。

書くということは昔から「頭の体操」だと言われるし、最近はワープロを達者に使いこなす人も多くなってきた。自分の家で製本できる機械もあるし、記念のつもりで百万、二百万とかけて本にする人も増えた。小唄の会や、踊りのお復習《さら》いの会より後に残るし、子供たちに家の歴史を残せることも有益という発想であろう。長生きになってくれば、それだけ書き残すことも多くなっている。

自分史だけではない。歌集や、画集や、エッセイ集などを自費出版するケースが増えると、それを知人に配る時に、少し配慮が必要になってきているようである。

どの出版もその人にとっては、嬉《うれ》しく晴れがましいものである。できるだけたくさんの人に読んでもらいたいと思う。もらった人も、面と向かって悪口を言う人はほとんどいない。嘘ではなくて、どの本にも、必ず感動する箇所はあるのである。

しかし、その後が大変だという地方の奥さんがいた。皆が出版記念会をする。東京はこういう時、あっさりしているが、地方だと、有名な料亭を借りてやったりする。表向きはご招待だが、行くとなれば、実費の二、三万円はお祝いに包まねばならない。その地方では着物に凝《こ》っている人も多いから、着物代もばかにならない。

一年に一回の付き合いなら、高くてもいい。しかし月に二、三回もこういう催《もよお》しがあると、とても付き合い切れない。

自分の自費出版の本を国会図書館、県立図書館などに送りつけ、「ご恵贈いただきましてありがとうございました。長く当館の蔵書として保存させて頂く所存でございます」などという礼状をもらうと、自分はひじょうにいいことをした、自分の作品は長く国会図書館にも残るはずだ、と思う老人がいる。

しかし図書館などというものは、その図書館がほしい本しか置きたくないものなのだ。皆がいっせいに自分の著作を図書館に送りだしたら、どの図書館でも書庫はすぐいっぱいになるだろう。一冊の本をおいてもらうには、土地代、書庫代、管理費その他で、こちらからかなりの額のお金をおつけしなければならないくらいだろう。

本を贈る場合は、礼状、批評、返事など一切期待せず、すぐ古本屋に売られるか、捨てられるかしても、文句を言わない覚悟で贈ることである。

これは私たち作家の場合でも同じである。自分の本を送る時は、ご迷惑にならないか確かめて送る。芸術院の会員になった時、会員は出版の度に自著を一冊ずつ寄贈するように言われる。しかし、それでも本気に送る気にならない。上野の芸術院の建物には、それほど広い書庫があるとも思えないから、気楽に送りつけていたら保管場所がなくなることなど目に見えているからである。一生に、まあ代表作を、二、三冊お送りしておくか、とは思っているが、まだ一冊も納めていない。

私たちの場合は、別の辛《つら》さがあった。一日に本が三、四冊ずつ送られて来る日が出てきたのである。一日に三、四冊どんなに読みたいと願っても、物理的に読み切れるものではない。そうでなくても、自分の仕事のための参考資料を読む時間がかなり必要なのである。

私の姑《しゅうとめ》も、絵と歌を収めた小さな本を出したことがある。しかし、姑はそれを実に慎《つつ》ましくした。ほんとうに親しい人にしか送らなかったのである。病身だったこともあって、出版記念会らしいものなどもやらなかった。これはご参考までに書くのだが、私も自分の本が初めて出た時も、その後に度たび出た時も、一度も出版記念会や「励ます会」をやった、というか、して頂いたことがない。だからと言って、私にいい友だちがいないわけでもないし、私は多くの人たちの温かい心に包まれ続けてこれまでやって来られたのである。

老年になると、「これまでご苦労さん」の意味をかねて、ご褒美《ほうび》をもらうこともある。叙勲されたり、褒章《ほうしょう》を受けたり、勤続何十年を表彰されたり、天皇陛下や総理大臣にお会いしたり、という機会を持つ人も増える。それは晴れがましいことなのだから、自祝《じしゅく》して悪いわけではない。しかし自分ほど世間もそれに感動しているのではない、ということくらい、いい年をしたらわかってもいいだろう。自分を祝わせるために、そうそう人に時間を費《つい》やさせ、お金を出させ、配慮の労を取らせていいものではない。有頂天《うちょうてん》になってがむしゃらに嬉しがるのでは、何のために年をとったのかわからない。そういう配慮ができることが、年とともに身につけることのできる一つの能力なのだから。

メモ

ヒマにあかせて、他人の生活に口出ししたり、その行動の善悪を断定したり、変えさせたり試みてはいけない。

これは一般論で例外も多いが、老人は総じてヒマである。ヒマであると、人間は逆にそのヒマの使い方がわからなくなる。ヒマは、本来は自分を豊かにするために、内向的に使われるものだが、ある種の年寄りは、もっぱらそれを外に向ける。

今日でも、まだ世の中には縁談で結婚をする人がいて、そういう人たちのために、高齢者が縁談の世話をするなどというのは、ひとのためになることだと思われるけれど、長く生きているのだから、自分は体験も豊かで、したがって、知り合い、親戚の誰彼の間のモメゴトややり方に対して自分こそ正しい意見を出せるはずだ、などと思うのは筋違いである。

こういう老人に限って、自分の行動のやり方は、決して変えようと思わず、ただ他人のやり方だけ変えさせようとするのである。

「これは正しいことなのだから、向こうもそれをわかるべきだと思う」

という言い方をする老人は、決して悪い人ではない。むしろ裏表のない、誠実な、一本気な人である。しかも、このような発想も、会社の中で「社長」といってまつり上げられていた人とか、家の中で「奥さま」として世間の荒波を比較的受けることの少なかった人に多い。

「自分が正しいと思うことは、他人もそう思わなくてはいけない」というような科白《せりふ》を前にすると、私は正直いって困ってしまう。それはそうなのである。しかし、そのようなことが世の中に通るのだったら、地球は、ずっと以前に別の姿を示していただろう。何が正しいか正しくないか、人間にはわからないことも多いし、たとえわかったとしても、正しいことも正しくないことも、ともに通ったり、通らなかったりするのが、歴史というものであり現世というものであった。

親切だからいいのだ、ということはない、と私ははっきり言い切りたい。親切から発しても、悪い結果を生むことも多い。善意の押しうりは、悪意よりも始末に悪いことがある。幼児性から、そのまま老年性になだれ込んで、壮年の（壮年ということは、自分の思いのままにならぬ運命をかみしめる時代だという定義さえなり立つ）厳しさを一度も経《へ》なかった、しあわせな老人は、とくに注意しなければならないのである。

自分の生き方を持ち、他人の生き方を、いいとか悪いとか決めずに認めること。

前の項目とつながるものだが、五十歳になった時、私が感じたことは、もうこの年になれば人はそれぞれの長い歴史を持っている、ということだった。それを改変させようとすることは思い上がりである。五十歳になれば、残りの時間は、もしかすると短いのだから、その人の生きたいように生きることを承認したい、ということだった。

その場合、その人の生き方が家族の迷惑になるかどうかは一つのめやすではある。いかに老人になっても自分のお金を、家族や友人から見て愚かなことに使うべきではない。一人で投機をしたり、恋愛や結婚などといった新たな人間関係を作って、残る家族にお荷物を残して行くべきでない、という人もいる。

反対に、自分で稼ぎ出したお金なら何に使おうが勝手にしていいんじゃない？　というわり切り方をする人もいる。

どんな愚かしく見えることでも、ばかげた夢でも、それに賭《か》けて死ぬべきだ、それは浪費でもなく、配慮がないのでもない、それこそ人間の生きる姿だという論拠もある。

私は、どちらでもいいと思う。どちらにもよさと悪さ、醜さと美しさがある。ただ自分が最上の選択をしていると思わぬことである。

メモ

愚痴《ぐち》を言って、いいことは一つもない。愚痴を言えば、それだけ、自分がみじめになる。

若いうちは愚痴《ぐち》もご愛嬌《あいきょう》である。愚痴をこぼせない人が、逆に友人を作りにくい、という例もある。私は漫才が好きだが、中でも上方《かみがた》のボヤキ漫才が威勢が悪くていい。ぼやき方が上手であれば（これは、しかし、かなり高級な表現の技術と、自制の力がいる）、それは、冬の日のおでんのようにほかほかした感じを与える。

しかし、老人の愚痴は、他人も自分もみじめにするだけである。愚痴は土砂くずれのようなもので、言い出すととめどがなくなる。言ったほうが楽か、自分をきりっと保ちつづけることのほうが楽かわからない。楽な道をとればいいわけだが、この辺はよく自分に問いかけてみる必要がありそうだ。

ただ、はっきりしているのは、愚痴ばかり言う老人の傍には、人間が集まらなくなる、ということである。これは自然であろう。愚痴は、日かげの感じを与える。何にでもおもしろがっている老人に陽《ひ》の匂いがするのと正反対である。

明るくすること。心の中はそうでなくても、外見だけでも明るくすること。

壮年時代に、人間はどれだけ耐えてきたことか。それは他人の意を迎えるために、あるいは得をするために我慢をしてきた、ということでは決してない。

社会には、あまりにも違った人がいるから、その人たちの存在を有意義にし、一緒に仕事をするためには、当然のことながら、人間は誰でも譲《ゆず》ってきたのである。そしてそれはみじめなことでも少しも悲しむべきことでもない。それによって性格が鍛えられることはあっても、普通は歪《ゆが》んだりすることはないのである。

しかし、年をとると、この耐えるということに対する根本的な力がしだいに薄れてくるものとみえる。

体が悪くなり、能力がおとろえ、親友が死んだら、暗く、悲しい思いになるのも当然である。当然だから、そのままそのような顔をしていていいということは、この世にはないのである。

外見だけでいい。心から明るくしろなどということはできない。人間は、そのような嘘ならおおいについていいのである。明るくふるまうことは、外界への礼儀である。表と裏の差に傷ついたり嫌《いや》がったりするのは、センチメンタリズム以外の何ものでもない。

メモ

「ひがむ」のはあまりにも凡庸《ぼんよう》だから、意識してやめること。

ひがむことを、一種の賢明さのあらわれと思い、「私は分《ぶん》を知ってますよ」という表現のあらわれのように思っている年寄りがいるが、それは、定《き》まり文句のようで、何一つおもしろいことも爽《さわ》やかなことも生まない。ひがみっぽい人間がよい年代など、人生に一度もありはしないのである。ひがみっぽい人間は第一につき合うのにめんどうくさい。それくらいなら、お人好しのほうがずっと始末がいい。自信のある人物が、ユーモアとして陽性にひがんでみせるのは別として、ひがむのは、通常、人一倍の自負心の裏返しだから、ひがむという行為自体が、高慢で腐敗したような匂いをたてる。

ことに「私はひがんでいるのよ」などと当てつけがましく言うのは、もってのほかである。

「私はこれでも遠慮して、ひがんでいるんだよ。それがわからないのかね」という脅迫の場面をある家庭で見たことがある。どうしてもひがみたいのなら、黙って、気《け》どられないようにひがむほかはない。口に出すのは老人性甘えとひがみが結合した、もっとも醜悪な形状と言わねばならない。

メモ

何事も自分でやろうとすること。自分を鍛《きた》えつづけること。できない、と諦めないこと。

ある時、テレビでヒマラヤだか、アルプスだかに登って帰って来られたという七十何歳かの紳士を見たことがあった。七十何歳かの老人とはいえないような立派な歩き方であり、淡々とした表情であった。

つまり、自分は七十何歳にもなって山へ登るという偉業をなしとげたのだ、という意識がまったくないのであろう。それだけ、老いの自覚がないから、ごく普通に帰国されたに違いない。

もちろん、多くの人たちが、このように恵まれた健康や肉体条件を持つとは言えない。しかし訓練ときくだけで、「そんなことはできない」と拒絶の姿勢を示す人は意外と多い。老人ではなく中年にも多いのである。

山へ登った老紳士はおそらく訓練をしつづけておられたのだと思う。そういう言葉は嫌《きら》いな性格かとも思うが、常に自分に対してある苛酷《かこく》さをさりげなく強《し》いていた方だろうと思う。言葉を換えて言えば、自分に苛酷なことは一切やらないという人は、若年であっても、老人性生活性向を示していることになる。

もちろん、分に応じた言動を守るのは必要だが、老人の不幸の少なくとも十分の一くらいは、周囲の放置にあるのではなく、当人とまわりの人間の過保護の姿勢にあることも、考えなければならない。

なお、苛酷さに耐える習慣は、比較的若いうちからつけておかなければならない。そのために、少々、辛《つら》いことを毎日続けることに馴れておくべきであろう。

「私にそんなことはできないよ」と言う年寄りは多いが、その場合には、良き状態になることを自ら放棄したのだと思うべきである。

メモ

年をとったら、体を大切にしなければいけないが、若いときよりももっと甘やかしを避けねばならない。

この、一見、矛盾したことは、こういう意味である。老年においては、病気そのものよりも、療養生活が恐ろしい。ほんの一、二週間寝るだけで、病後めっきり、足が動かなくなってしまった、というような結果になることが多い。若いときは、二、三週間寝ても、病気さえなおれば、それで完全にもとどおりになる。しかし、老人はそうはいかない。高い熱があるときに動き廻ることは避けねばならないが、ちょっとでも病勢が落ちついたら、私自身は、とにかく一日中寝っ放しということだけは何とかして避けたいと考えている。お手洗いのたび、あるいは、五分十分の歩行でも、毎日歩いていれば、足の力のおとろえは、多少防げるかもしれない。もちろん、これは医師の指導のもとになされねばならないが、絶対安静を必要とするケースでないかぎり、私はこの希望を医師に告げるつもりである。

病気でなくても、夏など、高校野球、プロ野球と一日中、テレビでスポーツを見続けていられる時期がある。おかしなもので、スポーツを見ていると、自分もスポーツをしているような疑似《ぎじ》健康感にとらわれるらしい。しかし私の知人で、この時期、テレビの前にすわりっ放しであまり出歩かなかったために、歩く力が急にがっくり落ちた、という老人がいる。テレビで見るスポーツは、ショウであり、運動とは無関係どころか、むしろたえず体を動かしていなければいけない老人には、とくに悪いということを知るべきである。

昔、私は水族館で魚の勉強をしたことがあった。中でも胸を打たれたのは、高脚蟹《たかあしがに》であった。この蟹《かに》は、脚の関節の付け根に、丸い斑《ふ》ができると、それが老化の現われで、間もなくその部分の関節から先がとれてしまう。そういう状況がどんどん進んで、体だけころりとおむすびのように残って生きている蟹がいた。蟹は、餌《えさ》を両方のはさみではさんで口へ持っていく。口が下のほうについているので、そうしなければ食べられないのである。この蟹は、脚ばかりでなく、両手もなかった。

飼育係の人と私は、イカの切り身を鼻先にぶらさげてやったが、蟹は食べなかった。うまく口の傍《そば》まで餌が届かないのである。私たちは、蟹を水から引きあげ、上向きに寝転がして、イカを口に入れてやろうとした。しかし、口は固く閉じられていて開かなかった。

この飼育係の方は、数年前まで漁業をしていた人で、もう若くはなかったが、いろいろな本を読んでいる立派な向上心に満ちた人だった。その人が私に言ったのである。

「私は、学問的なことはわかんないんだけれどね、どうも、口の筋肉と手の筋肉は連動になっているような気がしてなんないんですよ。この蟹は、手が動かないから、口の筋肉も動かないんじゃないかね」

私は胸を打たれた。この蟹は、間もなく餌を目の前に見ながら飢え死にするだろうか、と思った。私も医学については無知だから、この飼育係の方と同じように思うだけである。

《私も医学がわからないんですが、どうも脚と頭の動きは連動作用になってるような気がするんですよ。ぼけたくないと思ったら、歩くほかないみたいに感じるんですけどね》

✎メモ

若さに嫉妬しないこと。若い人を立てること。

日本の森は、世界でも特殊な照葉樹林《しょうようじゅりん》を形成しているという。森の匂いというのは確かに一種独特のものである。それは、朽《く》ちかけた落葉の体臭である。私は森が好きである。そこに一人立つと、人間の運命を思う。声もなく、ひそやかに生きる厳しさを思う。若葉が芽ぶき、それが木を成長させる力となる。しかし、葉はやがて散らなければならない。木が人間社会の歴史とすると、個々の葉である人間はそれよりずっと早く、散り朽ちていく。しかし、落葉は散ってもなお土となって若葉を、ひいては木自身を育てる。

人間には二つの時期がある。育てられる時代と、育てる時代と。私たちは食物と知識を与えられて一人前に育つ。それから徐々に他人を育てる側に廻る。まだ老境の入口にある人は自分より高齢の人を立て、年をとるにしたがって、しだいに若い人にその場を譲る気持ちを持つのが自然である。

私は、そのような行為の美しさを、実際に何人もの先輩から教えられたのであった。その方々は、今でも、冷汗《ひやあせ》の出るような、私の青くさい行動を許し、包み、守ってくださった。そしてそれとなく私を、前面に押し出すようにされた。私がただ、若いから、というそれだけの理由で、私に人々が注目するようにしむけ、私の才能（そんなものはあったのかないのかわからない）が、少しでも伸びやすい素地を作ろうとしてくださった。そのようなことほど通常、さりげなくされるものだから、私は何と言ってお礼を言っていいかわからず、けっきょく何も言わないままになってきてしまった。

しかし老人になっても、あらゆることについて自分が前面に出たがる人がいる。それは前向きでいい生き方なのかもしれない。しかし、大人気《おとなげ》がない。

老人が真先に失うのは実に「大人気」なのである。正しい日本語としては、「大人気」という言葉はない。「大人気ない」という否定の要素を含んだ形容詞だけである。しかし、いつのまにか「大人気のある」などという言い方も、口語として使われるようになってしまった。その「大人気」と解釈していただきたい。老人は一見誰も諦めよくなっているようにみえるが、決してそうではない。「大人気」とは、大局に立って、自分は引くことであると私は考えている。他人にとっていいことのために、自分を少々犠牲にして、さりげなくしていることである。私は「大人気」の美学を大切にしたいのである。

誰でも一度は若く、誰でも一度は老いる。これほど公平ななりゆきを嫉妬するのは、強《ごう》欲《よく》である。

メモ

若い世代の将来には、ある程度、冷酷になること。

老人は諦めがよさそうでいて、実はそうでないことはすでに書いた。老年は意外と、おせっかいやきなのである。孫の結婚にまで、干渉する祖父母は例外としても、会社の若い者、後輩、一族の中の青年などの処世術に関して、意見を述べたがる老人は意外と多い。もちろん、豊かな経験を持つ人の忠告は正鵠《せいこく》を射ている場合が多い。しかし、老人の意見というものは、本質的に外部の意見にとどまっているほうが私は無難だと思う。

孫のしつけのことで、息子夫婦と衝突する老夫婦がいる。孫には、子にできなかった夢の成就《じょうじゅ》を期待する気持ちもわかる。しかし、私はそのような夢に、本質的に同調も同情もしない。なぜなら人間の生き方には、どうなったらいいのか、本質的にわからない部分がたくさんあるからである。特に何を望んだらいいのか、誰にもわからないからである。とすると、そのはなはだむずかしい問いに答えを出す責任は、親という立場の人間がやむをえず負うべきで、祖父母の仕事ではない。

年寄りになればなるほど、今よりももっと、深く絶望すればいいのである。決して思いどおりにはならなかった一生に絶望し、人間の創《つく》り上げたあらゆる制度の不備に絶望し、人間の知恵の限度に絶望し、あらゆることに深く絶望したいのである。そうなってこそ、初めて、死ぬ楽しみもできるというものである。その絶望の足りない人が、まだ半煮えの希望をこの世につないで、いろいろなことに口を出す（もっとも、こう書いていたら半煮えでも希望をつないでいる人のほうがまだしもずっといいような気もし始めたが）。地球上の酸素がこの分では何十年先にはなくなるとか、地球上の人間は食糧不足で餓死するかもしれないということに、老年だけは憂《うれ》う責任を解除されている、と私などは思うのである。

自分の死後にも、役に立つことを残していくのが人間の輝かしい存在意義かもしれないが、それができなかったからといって、その無能をとがめられることもない。率直に言うと、黙っててくれたほうが後の人の面倒がはぶけるということは、かなり多いのである。その結果、若い者がばかをしでかしてもそれはそれでいい。「自業自得《じごう》」を体験することも、若者にとっては大切な資産である。第一、後世のために何かを残した人は、気張って意識することなくそうなった人ばかりで、老年に至って、急に若い者の教育がなっていない、とか、孫に処世術を教えてやろうなどと言い出すのは、自分の欲を満足させるためか、自分の存在意義を何が何でも思い知らせてやろうとするための悪あがきの場合が多いから、私は地球の将来や、若者の未来にはつとめて冷淡にしていようと思うのである。

また、自分の死後、自分の財産を、あれにだけはやりたくない、などということに情熱をもやす人がいる。自分を苦しめた人間に、自分の所有物をやりたくない、と思う執念はよくわかるが、往々にして、自分が最も憎んでいたものに、人間は恩恵をほどこしてしまうのである。私はこのどんでん返しがまた楽しい。死後ならば、どうでもよいではないか。一人の人間の狭量な心がまったく許さなかったようなことを、時のなりゆきが、まるで寓話《ぐうわ》のような、あるいは深い信仰の結果のような解決を示すのもおもしろいと思う。

それに、これは一般的な言い方になってしまうが、私の半生から考えてみても、社会が警告や予定どおりになったことなど、ほとんど一つもなかった。世界中の石油は常に三十年先にはなくなると言われていたが、そのような気配もないし、広島には原爆のために七十五年間は草一本生えぬだろうと言われたが、それもそうではなかった。いわゆる後進国は農産物や原料を供給し、工業製品を売りつけられてますます国家的に貧困に陥るということは学説として言われてきたが、恐らく二十一世紀になっても、世界の食糧を支えているのは、先進国である。その道の専門家が、学問上のあらゆる知識を結集しても、人間の予測は食い違うのである。専門家ではない私たちが、自分のささやかな人生の計画が思いどおりにならぬことを認めねばならぬのは当然である。一生は間違いでよかったのだ。私も間違い、相手も間違った。お互いに、これで、許し合うことにしたらどうだろう。

メモ

若い世代は自分より忙しいのだ、ということを肝《きも》に銘《めい》じること。

　これは能力の問題ではない。誰もが体力があるうちは忙しく働かされ、老齢になればその任にないと思われるのである。しかし現役にある世代は雑用に忙しい。それを思いやることができなくなった時、私たちはかなり老化が進んでいる、と思うべきである。

　もう少し頻繁《ひんぱん》に自分の見舞に来てもよさそうだ、というような言葉を老世代からよく聞くが、とくに来たくもない人に見舞ってもらっても大して嬉しくはない、と私は思うことにしている。それより、同世代の友人をできるだけ大切にすることである。

　老人が、自分が暇であることを中心に考えて、他人に簡単にものを頼むことは、ほんとうはかなり自戒しなければならないことなのである。

「ちょっとしたことだから」

　と老人は考える。

「ちょっと小枝一本だから切りに来てくれればいいんだ」

「あのことが、どの本に書いてあったか、ちょっと調べてくれないかね」

おっしゃるとおりなのである。そのちょっとしたことに、夜中まで働いている若い世代は時間を割《さ》きにくい。

「ちょっとしたこと」を、時間をかけて調べられるのは、むしろ老年の仕事である。何しろ、時間はいくらでもあるのだから。そしてそういう煩瑣《はんさ》な仕事をすることが、自分を鍛《きた》える要素にもなる。

もちろん誰もが、人にものを頼まずに生きることなどできない。だから頼む時は「ちょっと」のことだと思わずに頼むことだ。そういう自覚があれば、時には人の手間に対して、お金で報《むく》いようと思うかもしれないし、金銭で報いなくても、深い感謝を言葉に表わすことになる。「普通ならして頂けないようなご好意を頂きました」と礼を言えるのである。その時初めて、年齢の上の若さと老いとの間の隔《へだ》たりは取り払われて、そこにいるのは、感謝と世間の状況をよく知った賢い人たち、という間柄が成立するのである。

生活の淋しさは、誰にも救えない。自分で解決しようとする時に、手助けをしてくれる人はあるだろうが、根本は、あくまで自分で自分を救済するほかはない。

淋しさは、老人にとって共通の運命であり、最大の苦痛であろう。皮肉なことに、老いてなお、子供が独立していなかったり、金銭の苦労があったりする人は、この淋しさという苦しみを免除されている。淋しさは一応、恵まれた老人に課された、独特の税金だと言ってもいいかもしれない。

他人に話し相手をしてもらい、どこかへ連れて行ってもらうことによって、それを解決しようとする老人がいる。しかしそれは、根本的には何ら解決にならない。毎日遊びに連れて行き、常に話し相手をしてくれるお守役を備えておくことは、この時代には特殊な能力を持つ家庭でないかぎり、不可能だからである。

どんな老人でも、目標を決めねばならない。生きる楽しみは、自分が発見するほかはない。

子供を二人ながら失った婦人がいた。天涯孤独だった。彼女は陶器作りに熱をいれていた。

「生きている間にどれだけいいものが焼けるかと思うと、忙しくて大変なんです」

それを聞いた一人の婦人が言った。

「あの方は子供をなくしたあと、よく陶器なんかに興味の対象をすり換えられたと思うの」

このような反応を示した婦人は、人間的、ということを、あまりよく理解していないのではないかと思われる。子供を陶器にすり換えたのではない。生きている子供を、土のかけらに置き換えられるものではない。ただ、子供を育てることだけが人間の生きる道ではなく、そうでないさまざまなものへの雑多な愛もまた、人間を支えるのである。

たとえば麻雀《マージャン》は、時間が長くかかるという点で、勉強中の若い人々が溺《おぼ》れるにはどうかと思われる場合もある。しかし、ある程度の時間内で楽しむ老人の麻雀にはどんな害毒も考えられない（貯金を野放図にすってしまうという場合を除いて……）。むしろ麻雀などをすることによって頭の訓練にもなれば、若い人たちの話題や気分にも理解を持つようになる。

若い時代に、あまり遊ばなかった人の中には、遊びを罪悪と心得ている人もいるが、むしろ、こうした遊びの方法（ゴルフ、碁《ご》、将棋、パチンコ、トランプ、花札、ダンスなど）を意識的に覚える必要があり、一方、一人で学んだり読んだりすることを知らなかった人は、老後の大切な時間の使い方として、読書と思索に馴《な》れたほうがいいと思う。その他のあらゆるアマチュアとしての学問や知識や技術はどんなものであれ、すべて老後を楽しく変化に満ちて生きるために役に立つ。孤独からまぬがれる方法もまた、自らの努力なしには解決しないのである。

私たち夫婦の場合、二人とも趣味が違っていた。

私は五十代から、植物を育てることに夢中になった。しかし夫は全くそのようなことに興味を持っていない。夫は完全な都会派で、目下のところは、

「いつか孫のための世界史を書く」

などと言っている。

しかし老年というものは、いつか肉体がだめになることだ。眼が見えなくなり、耳が遠くなり、体の部分がきかなくなる。頭の働きも悪くなる。それが自然だ。眼のいい人は、老眼が三十代の終わりから始まったりしている。

それらのことが当然起こることを予測して、計画を立てるのがいいのである。いつまでも眼が見えると思うから、世界史を書きたい、などと言うのだし、いつまでも体がきくと思うから、老後も畠《はたけ》をやる、などと口にするのである。

できることをどうやってしようか、考えるといい。眼が悪くなった場合、耳が聞こえなくなった場合、歩けなくなった場合を予測するのだ。そして、ついに何もできなくなっても、それで自然と思うことだ。それは悪ではない。罪でもない。いわば自分に責任がないことである。自分の責任でそうなったのでないことには、気を楽にする癖を、初老と言われる年までにつけておくと、便利だろう。

メモ

子供が心配をかけなくても、気を弛《ゆる》めないこと。子供が心配をかけたら、感謝すること。

私のやはり知人に、社会的にも大きな仕事をなしとげた財界人で、大変親孝行な人がいた。

自分の妻を、姑《しゅうとめ》のための嫁と思えるくらい、母に仕えさせた。母専用の車と運転手がおり、専用の資格をもった看護婦もいた。その上に彼の夫人もいつも姑のお供《とも》をすることを当然の任務と心得ていた。

私はそのような態度を見習わねばならないと、何度思ったかしれない。運転手や看護婦をつけることではない。自分が老人のそばにいるということについてである。

しかし、その家の老夫人を見ていると、何だか弱々しかった。美老女であったから、遠くから見ていると、日暮の淡い光の中で夕顔の花を見るようであった。彼女はただ生きている、というだけで、まだそんな年でもないのに、生きていることのたくましさを感じさせるものは何もなかった。

こういう「しあわせな老年」のケースはごく少ないから、「無刺激がもたらす不健康さ」などについて心配する必要はないかもしれない。逆に不幸な老年なら、例を探すのに事欠かない。

五十何歳になる息子が病気や怪我《けが》で寝たきりになっているので、いつ果てるともない看病にうちこんでいる老母。いい年の子供が、刑務所を出たり入ったりしているので、そのことから心を放すことのできない老母。

どれをとってみても、いたいたしいほど、老いの肩に、子供の重さがくい込んでいる。しかしそのような苦しみが、時として、その老女の心を支えるのである。

自分が心配をかけない子供であることが最上のことだ、と思い上がってはいけない。また、親のほうも手のかからない、独立心の強い子を、手放しで喜んではいけない。まるで交通安全標語じみるが、「その気の弛《ゆる》みが老いを招く」のである。

もし心配をかける子供を持ったら、その子がせめてもの親孝行と思って、親不孝をしているのだと思いたい。「死ぬに死ねない」という思いを与えてくれるのは、心配をかけない子ではなくて、できの悪い子なのである。

嘘をつかぬこと。

年寄りの一つの悪癖は、嘘つきになることである。

ことに日本人には遠慮という表現法があるから、その嘘も、決して悪意からでたのではないのである。むしろ、こうありたいという希《ねが》いを、現実の望みと混同して表現する場合もある。

しかし、若い世代はなかなか、そうは思わない。老人が心にもないことを言い、小細工をし、ずるいことを言うというふうに、道徳的に悪意にとるから、むしろあからさまに、自分の望みを言うことのほうが、はたから見てかわいらしい老人に見える。

「おばあちゃん、お菓子いらない？」

おばあさんは遠慮して、

「いらないよ」

と答える。すると若い世代は忙しいし、自分たちがいつも心のままに答えているから、老人の言葉を、そのとおりだと思う。それで、「いらない」と言ったのだから、老人には与えないのである。それが年寄りには気にくわない。「いらない」とは言ったが、実はほしかったのである。今日でも、まだこのような心理のパターンを持つ年寄りがひどく多い。これは果たして将来、変わるものかどうか、興味あることだが。

ほしければ、ほしいと言えばいいのである。

「ほしいけど、数だけあるの？」

「数だけはないよ」

「じゃ、もらっちゃ悪いね」

「仕方ねえよ、敬老精神だ」

「年とるとトクだわね、ありがとう」

孫との対話はこんなふうになるといいと思う。「数だけないけど、仕方ないよ」と言われたことは、親身に一人前扱いにされていることなのだから、大いに喜ぶべきことなのである。そこで、おばあさんに食べられてしまって怒る者はまずあまりいない。数だけなければ、一つのお菓子を半分に割ればいい。あるいは、

「いつも食べてばかりいるから、今日は遠慮しとくよ」

「珍しいね。おばあちゃん遠慮したことないのにね」

「遠慮だって、これでもできるんだよ」

ここで、また皆で笑えるであろう。老齢ではあっても、自分は食べずに、他に食べさせる楽しみ、というものもあるはずなのだ。

陰性な年寄りは陰性な壮年よりずっと激しくいやがられる。陽性な年寄りは、たしなめられたり、あからさまに困られたりするが、壮年の陽気な人より、もっと明るい美しいものを感じさせる。口では「うちの老人も無邪気で困りものでしてなあ」などと言われても、内心で深く愛されるのである。

年寄りになったら、若い時よりもっとはっきりとエゴイズムを認めなければならない。

私はある時、こういう情景を目撃したことがある。ある老人は、その一人息子が死ぬことを病的に恐れていた。飛行機が落ちるといけないというので、外国への出張さえ、やめることはできないか、と言った。大の男が、母親の好みで、仕事をやめることはできない。

当然、彼はむっつりと「そんなことはできません」と呟《つぶや》いた。

「お前が死んだら、私は生きていられないからね」

もう四十近くなっていた息子は笑いながら答えた。

「そうだな、お母さん、その時は、お死になさい。もうお母さんも年に不足はないし……」

「死ぬこともできないから、生命保険をかけて行っておくれ、私を受取人にして」

「ああ、いいですよ」

「掛金は私が払うからね」

これが実の親子でなかったら、この老人は保険金を目あてに何か犯罪をはたらこうとしていると思われるかもしれない。この老母が子供を失うことを淋しく思うのは本当なのである。しかし親たちは、幼い子供が交通事故で死んだとき、金を払ってもらって少しは気が慰められるだろうか。

いくらもらっても、子供の命は返らないと思うのが親である。もし金を取るとしたら、それはやや懲罰的な意味を含むからだろうと思われる。子供を轢《ひ》いた相手の運転手を苦しめればいいのである。しかし老人の場合はそうではない。老人が身内の死を恐れるのは、淋しくなる、悲しい、ということのほかに、保護を失うという、動物的、利己的恐怖をともなう場合が多い。

老人のエゴイズムを、私は若い人たちが非難しないでほしいと思う。この凄《すさま》じい自己保存の精神は神から与えられた大切な能力なのである。しかし同時に、老人もそのエゴイズムを承認したほうがいい。あくまで子を思う心だとか、自分は決して金をほしがっているのではないのだ、とか言うと、保険金をかけるという行為の理論づけができなくなってくる。

メモ

攻撃的であることをやめること。年寄りは、保守的どころか、破壊的、攻撃的である。口汚く、人やものの悪口を言わないこと。

年をとってぼんやりして、とか、穏《おだ》やかになって、という人も多いが、見るも無残なほどの人格の荒廃をきたして、何かといえば、すぐ他人の悪口を言い、非難をする年寄りは意外と多い。

他人が自分の思うとおりに行動しないことは明らかなので、他人の心をなおしてやろうなどという気持ちは、（若いうちからでも）あまり持たぬことだと、私は先にも述べた。ごく親しい友人や仕事の関係の間では、時折り率直な意見を述べ合うこともあるが、それはむしろ例外的な幸運と思ったほうがいいくらいである。

ケンカそのものを楽しみたい、という人間の心も確かにあるから、目的がそこにあるのなら攻撃的であることも一向《いっこう》にかまわないが、年寄りになるほど、いつのまにか、口汚くののしるという技術を身につける傾向を持つ人もある。

怒り、ののしることは、自分を受け入れられなくなることに対する八つ当たりだと自戒したい。関係のない人やものに対しては、怒ることも、ののしることも必要でなく、どうしても関心や同感が持てなかったら、ただ静かに遠ざかればいい。

メモ

年寄りの自分に対する態度が悪いといって、相手を非難するのは無意味である。

確かに、年寄りに対する態度の悪い人間というものは、世の中に多いのである。それはこと年寄りに対してばかりではない。一般に、他人に対する思いやりのない人というのはいるが、それは必ずしも心がけが悪いばかりでなく、思いやる能力が欠けているのである。また最近では、誰に対しても、礼儀正しくするというのはどういうことなのか、全く教わって来なかった、という若い世代もいる。

自分に対してバカにしたような態度をとるということは腹の立つことではあろうが、年寄りの中には、それを頭ごなしに叱《しか》りつけて改変させようという気持ちになる人が時々いる。

尊敬は決して、暴力的な力でかちとるものではないのである。尊敬は尊敬に値《あた》いする行為をできる者にだけ与えられる。

視力も聴力も運動能力も、何もかも失われた人でも、他人に尊敬を覚えさせずにはおかないような威厳を持つことはよくある。それは、その人が一生かかって何かを追いつづけてきたという実績であったり、何の特技もなくても慎《つつ》ましく他人に感謝することを知っていたりする賢《かしこ》さに対してである。

尊敬や礼儀を義務として守らせようとすることは大変むずかしい。人間が相手を屈伏させようとしたら、それは自ら努力して、そのような人間関係を作るほかはない。

しかし、バカにされたといって嘆くほど、つまらないことはないような気がする。本当に老齢のために頭がバカになっているなら、バカにされる理由はあるのだし（そういう時に軽蔑《けいべつ》の念をあらわに見せる相手のバカさ加減はあるとしても）、バカでもないのにバカにされたのなら、自分はそうでないのだからほっておけばいいだけである。バカにされた、といって怒ったり、相手に文句を言ったりするのは、もしかしたら、逆に老化が来たというはっきりした証拠になっているのかもしれない。

医者に冷たくされても怒らないこと。

世間の医者には二通りがある。

一つのタイプは、老人であるがゆえにちやほやするタイプである。もちろんこの手の医師は健康保険による診療などしない。しかしお金を頂くのだから、その分だけどんなお年寄りにもサービスをいたしましょう、というわけである。

ひじょうに本当のことを言うある若いドクターが、昔、私に言ったことがある。正直言って、年とった患者は、本気で診《み》る気になれない、というのである。若くてぴちぴちしていると、これは一生懸命に治《なお》さねばならない、と思う。しかしおじいさん、おばあさんはそうじゃない。

私は怒れなかった。自分のことでも怒らない。そうだろうなあ、という気がする。つまり自然がその医者に囁《ささや》くのであって、その当人が悪いのではない。

第一、もし薬が一人分しかなかったら、それは老人にではなく、若い世代に投与されるべきである。しかし多くの医師がこの豊かな日本では、自然の思いをこえて、なお少しも手を抜かず老人の治療に当たっているのも本当である。ただショーペンハウァーが言っているように「自然にとっては個体などはどうでもいいもので、自然にとり肝要であるのは種族にすぎないのである」ということをも我々は忘れてはならない。老人も若い時には、人並みに、一生懸命治してもらうという好意を受けたはずである。そしてまた医師としては、動物ではない人間の老人に対して物質の裏づけなく丁重な気持ちになれたら、その時、その医師は初めて人間になるのである。

メモ

同じ年頃とつき合うことが、老後を充実させる原動力である。

老人はどうしてか新しい友人を作りたがらない。いや、老人ばかりでなく、学校を出たのに、友人のない人、卒業してから後はまったく新たな友人のできない人、など、友人を作りにくい性格の人は実に多い。

友人ができない理由は、第一に他人に対する本当の関心がないこと、第二に多少、みえっぱりで自分をさらけ出せないこと、第三に不寛容などがあげられる。老人にはいずれも不得手なことばかりかもしれない。

しかし前にも述べたように、若者は忙しいのである。青年壮年がいかに忙しい毎日を過ごしているかを思いやって、不当な重荷をかけないことは、老年の一大事業である。やたらに訪問したり、呼びつけたり、用を頼んだりするものではない。そしてそのような心遣いは、決して表にあらわれることもなく、したがって感謝されることもないだろうが、そのようなことこそ、老人だけがなし得る「愛」の行為なのである。老人にとって、本当に相手になれる相手は老人しかない。老人同士なら、どちらがどちらの相手をするということもなく対等につき合うことができる。自然に与えられたそのような温和な人間関係を、最大限に使い切る心持ちになれないものだろうか。

メモ

定年を一くぎりとして、その後は新たなスタートと思うこと。一年生、新人になるのだから、人から教えられるのも当然。

定年はしだいに延長の方向に向かうであろうか。景気によっても変わるだろうし、職種によっては、比較的早く仕事をやめねばならないものもある。そこで我々は再出発する。自分が二十歳近くに、初めて仕事についた時のことを思い出しながら、まったく、未知の分野に踏み込むこともある。

自分の前歴を大したものだと思い、忘れられないから、人に教えられるのを屈辱と思ったり、新たな出発を、みじめだとか、落ちぶれたとか、考えるのである。

二十代に初めて仕事につく時は夢中だった。何が何だか、あたりを見廻す余裕もなく無我夢中だった。しかし今度ばかりはもう少し冷静である。新人とは、なるほどこういうところでアガるのだな、こういう時に、人間はイバってみたいものだな、という具合に、ゆっくりと自分と相手を観察できる。こちらはもう充分に大人なのだから、感情的につられることもない。二度目の勤めのおもしろさは、この冷静さになければ意味がない。二度と繰り返せない人生を味わいなおせるのが、定年後の再スタートというものなのである。

メモ

一般に、自分が正しいと思わないこと。
自分はまちがっていると思ったらいい。

老年になって判断が狂い出すのは、生理的な変化である。道徳的、あるいは人格的荒廃を指《さ》すものではない。

ただ、自分では決してそうは思わない。狂人に、あなたは狂人だと言ってもわからない（最近では病気の自覚のある人も多いが）のと似ている。

だから、自分のほうがまちがっているのだろうと思える人は、まず、まだかなり柔軟な気持ちを持っている人である。

メモ

親類縁者の中で、最年長になっても、
決して自分が支配的な立場を取ろうとは思わないこと。

老齢の美しさは、譲ることができる、というおおらかさであろう。自分が、私が、と気張って前にしゃしゃり出る年代ではない。
たとえ周囲が、いつも上座に据《す》え、最年長だと言って立ててくれても、決定は壮年期にある人に委《ゆだ》ねるべきである。なぜなら、老年は行く先長くは生きないものなのである。だから若い世代が常に決定権を持つべきだ、と思う。

メモ

楽しみを得たいと思ったら、金を使うことも覚悟しなければいけない。金も、体力も気配りも何も使わず、楽しい思いができると期待してはいけない。

なんという当たり前のことを、と思う方もあるかもしれないが、老人は不思議なことを言う。

「こうして毎日家にいるのは退屈でね。本当にどうしようもない」

「じゃ、××さん（お友だちの名）のところへ行ってらっしゃいよ」

「手ぶらじゃ行けないからね。電車賃もかかるし、お菓子一つでもお金がかかるからね。それにでかけると疲れて……」

「じゃあ××さんに来ていただいたら？　あちらは体がお達者だって言っていらしたから、きっと遊びに来てくださると思うわよ」

「来てもらうとあの人、長居するからね。帰ってくださいともいえないし、疲れるのよ」

「疲れたっていいじゃありませんか、おばあちゃんは、明日何かしなきゃいけないわけじゃないし、疲れた分だけ、明日一日寝てたら」

「でも、それも辛《つら》いからね」

金も出したくなく、疲れるのもいやで、一人静かなのは退屈だという。すべて不満なのである。このような不満の形は老年独特のものらしいが、私は老年の自分に向かってそれは我儘《わがまま》だと言っておこう。かつて若い日に、金の減るのは誰にとってもイヤなものだったが、それでも私たちは自分の楽しみのためになけなしの金を出して芝居や映画を見に行ったのである。ピクニックに行けば、翌日ぐったり疲れることもあったが、やはりでかけたのである。逆に家にいてひっそりと人に忘れられたようではあるが、ごろごろと一日中雨の音を聞きながら炬燵《こたつ》にあたってテレビを見ていられる淋しさがしあわせ、と思った日もあったのだ。

何かを得る時は、何かを必ず失うのである。

老人になったら、遊んだら疲れるということはあるだろう。お客の時にははしゃいで遊んでいたくせに、翌日ぐったりして一日寝ている、というような非難をしてはかわいそうだと思う。若い時には二つできた人も、一つしかできなくなるのが老齢である。

しかし、老人のほうでも、この世で人間のなしうることをこえるような要求があってはいけない。

メモ

2

生のさなかで

一人で遊ぶ癖をつけること。

男の兄弟がなかった私は、結婚して息子を持ってから初めて、男たちの遊びは女と違うことを発見した。

女は映画一つ見るにも、お茶を飲みに行くにも、友だちを誘いたがる。一人で芝居を見ても食事をしてもおもしろくない、という。

ところが男たちは、誰がいなかろうと、自分のために、映画を見に行き、酒を飲みに行く。息子は、同じ映画を見るのに、わざわざ父親と別の日を選ぶのがおもしろかった。十代の終わりにもなれば、父親と連れ立って歩いているところを友だちに見られたくないのだろうし、映画を見るのが目的であれば、傍《そば》に人がいないほうが集中できるのであろう。

日本の女がある時期まで、ことに一人遊びが下手《へた》だったのは、社会的な背景によるものであった。直接、家庭生活に必要のないことに、家族をおいて一人で出歩くなどというのは、むしろ反社会的なことであったろうし、女がさまざまなことから身を守るためには、常に誰かと一緒のほうが都合がよかった。

しかし、それは本来の意味において少々女性的である。本当にその対象に興味を持てば、一人でうちこむものである。恋愛や、情事を、友だちと連れ立ってする者はいまい。畑をする時、私はたとえ友人といても一人であることを思う。

一人で遊べる習慣を作ることである。

年をとると、友人も一人一人減っていく。いても、どこか体が悪くなったりして、共に遊べる人は減ってしまう。誰はいなくとも、ある日、見知らぬ町を一人で見に行くような孤独に強い人間になっていなければならない。

メモ

孫が老人を無視することがあっても、深刻に思うことはない。

老人はしばしば、自分の肉体の弱体化、頭の老化、新しい知識に追いついていけないがゆえに、孫にバカにされると思い込んでいるが、それは大きなまちがいである。

ごく稀《まれ》なケースをのぞいて、私たちは通常、子供が十代の後半になるまでの間に、知識的、運動的には、子供に追いこされ、とり残されるのである。数学あるいは社会科の知識などにおいては、子供とさえ互角でやれる親は少なく、たえず子供から「そんなことも知らないの」と言われるのが落ちである。

しかし、それだからといって、親は子供の尊敬をただちに失うのであろうか。

いや親の場合は、まだ社会的に働いており、金を稼いでくるから子供は尊敬するのだ、という言い方もなり立つ。しかし、それならば、金を稼がない老人は、すべて軽蔑されているだろうか。

そんなことはないのである。

ある人が、長い間、自分の勉強や仕事をこつこつと続けてきて、そこで今はもうぼんやりとしてしまっているような場合でも、そこに悪あがきをしない自然さがあれば、若い世代もまた、無言のうちに、そこに威厳を感じるものなのである。私の知人にも、八十歳を過ぎて、やや苔《こけ》のような感じになっている老学者がいるが、彼が動脈硬化のための発作の後の、長い昏睡《こんすい》からさめた時、まず第一に言ったことは、「長い間、皆にめいわくをかけたね、ありがとう」という感謝の言葉であった。その後も彼は別に、学者としての生活に復帰したわけではない。耳も遠くなり、一日中ほとんどしゃべらない。ただ七十代の終わりに近い老妻と二人だけで、子供たちとは別の家に住み、今でも、四十、五十になる子供（？）たちが来ると、一個の菓子でも「持って帰らないかね？」と言うのであった。

彼の孫の一人が、

「すごいもんだね。うちのおじいちゃん、あんなに何もできなくても、坐ってるだけでもいいものね。あんなに端然として立派な年寄りってなかなかいないよ」

と言ったという話を聞いたとき、私は涙ぐみそうになった。それはその老人が、まだ、自立の精神を持っており、与えられることをでなく、与えることを願う、家長の心を持っているからである。

孫が年寄りをバカにするのは、一種の愛情の表現である場合が多い。それをそのまま受けとめることができれば、老人はバカにされながら、実は深く愛され尊敬されているのである。

メモ

孫の守《も》りをしてやること。そして恩にきせぬこと。

孫の守《も》りは、したくなかったら断わったらいい。しかし、中には子守りをすることが好きな老人も多いのである。

守りをしない老人を非難してはいけない。子守りは重労働である。独立心のある若夫婦なら、子供を含めた一切の経済的、労働的解決を、自分たちの才覚で見つけなければいけないのである。

老人のほうも、守りをするのが少しでも楽しかったら、その楽しみを享受して、あんなに、面倒をみてやったのに、そのことについて少しも感謝しない、などと文句を言わないことである。

孫の守りは、礼を言ってもらいたいためにすることとは違う。それくらいなら、息子夫婦からでも、守りの料金を取ったらいい。金を取れば恩義の押し売りをしなくてもすむ。

墓のことなど心配しないこと。
墓は残された者の配慮すべきことで、
死んで行く者の口を出すことではない。

ある若い嫁が言った。

「うちの生活なんて一ぱい一ぱいなのに、姑《しゅうとめ》がうちへ来て、嫌がらせを言うんですよ。私のお墓はどうしてくれるんだね、って。お姑さんに、ボーナスのたびにいくらかずつ持って行くんだって大変なのに、今からお墓の面倒までみきれませんよ」

死後のことを心配することは、生きている人への圧迫になる。

死のたった一つのよさは、もはや、何事も感じなくなることであろう。私の骨がどこにどうなっていようと、もはや、何の痛痒《つうよう》も感じないということなのである。

今、墓を建ててもらったところで、いつかは無縁仏となる。家康《いえやす》や、ナポレオンの墓は、まだ何世紀も残るだろうが、それはもはや、名所として残っているだけであり、そこを訪れる人は参詣人ではなく見物人である。

子供に老後をみてもらう予定を立てているなら、今日から、その予定を変更すること。子供は老後保険ではない。子供を当てにするのは、功利的な、いやな親である。

親の愛は尊いものだというが、必ずしもそうばかりとは限らない。親にも功利的としかいいようのない親がおり、また、深く考えずに、愛情という名目のもとに、子供にとりついて、その一生を無茶苦茶にするすさまじい癌《がん》のような親もいる。

愛には、報われることを目標とするエロス的愛と、与えるだけでまったくお返しを期待しないアガペー的愛とがあることは言われているが、親でありながら、エロス的愛しか持たぬ者もけっこう多いのである。

ある母は子供にいつも言いきかせ続けている。

「××ちゃん、お母さんはこうして苦労して働いて、あなたを育てているんだから、大きくなったら、ちゃんとお母さんのことをみて頂戴よ」

この母は一種の商人である。この母が何かの事情で、女手一つで子供を育てなければならなくなったことは気の毒だとは思うけれど、この場合、親と子の間であろうと、そこに存在するのは商売上の金銭の貸し借りと似た関係が存在するだけである。動物的な生みの親だからといって、すべての行為が人間であるという証左になるほど高められ、あがめられるなどということは決してない。

人間は子供に対してすら、お返しを期待しない好意を持てないのか。それは養い手であっても親ではない。ただ、こういうことは言える。世間が信じがたいほど功利的な人々で満ちていることは本当だが、功利的であることを、やめさせる必要もないし、やめさせることは誰にもできない。

しかし、子供から、貸し分を取り立てようと思う親があったら、親自ら思うべきである。

「せいぜいうまくいって貸した分しか返って来ない」と。それが、取引きというもののごく普通のパターンである。

また子供の側からみると、そこには常識があっていいのではないかと思う。常識というものを実は私はあまり信じていないのだが、世間の多くに通用する話、ということになると常識の出番のような気もするのである。つまり、警察に逮捕されるような悪もせず、ほどほどに暮らして自分の生活のすべてを子供にオンブすることを当てにするような親でない限り、世間のレベルから考えても「始末のいい親」を持ったものだと感謝すべきなのかもしれない。そして、そういう親に対しては、子供はそれなりに、感謝の表現をしても当然なようにも思う。

しかし、そういう感謝を表わせない未熟な子供も、見たところ世間には多いので、親は自分が子供から何もそうした感謝を受けなくても、さっさと諦《あきら》めるべきだろう。子育てに失敗したのも自分のせいなのである。

だからと言って、別に自分の生涯自体が失敗だったということでもない。それもまた、平凡な人生の姿の一つに含まれる程度のことだと思う。

メモ

自分の守備範囲を常にはっきりしておくこと。子供の仕事、交際の分野に口を出してはいけない。

老人にも、立派に権利はあるのだが、それは壮年と同じように考えるべきものと思う。私は老人は、自分の所有する財産を使い切って死ねばいいと思っている。「自分で稼いだものを使って何が悪い」というのとは少しニュアンスが違う。若い世代のほうから、「少しは残して行ってくれればいいのに」などと思うことは筋違いである。私は個人主義もうまく使えば、老人と若い世代と双方の独立心を育て、肉親でありながら、というより、肉親であるがゆえの醜い金銭的争いをしなくてすむと思うからである。

しかし、老人のほうも子供たちの世界に入りすぎてはいけない。いい年の息子の仕事が多すぎるとか、そんなに会社のために働かなくてもいいとかいうような口出しは、厳にいましめるべきである。四十、五十になった息子の友人が家に来ていると、いちいち挨拶に出て、一緒にしゃべるようなことも、昔からよほど親しい仲でないかぎり、してはいけないことだと思う。交友はお互いの交友を犯し合わず、お互いの交友をもりたてねばならない。老人としたら、紹介された時だけ、にこにこ挨拶すればよいのである。

子供が三十歳を過ぎたら（二十歳を過ぎたら、でもいい）、もうその生活一切に注意を与えたり、批判したりする必要はないようにも思う。まちがったら、当人がその責任を負い、高い月謝を払ったと思って苦しめばいいのである。それでこそ、彼は賢くなるのである。親にできるのは、私は祈ることだけだと思っている。そして子供が仮《かり》に犯罪者にでもなり、あらゆる世間から完全に捨てられた時には、一切の批判を捨ててひそかに救えばいいのである。親だけが、この世でこういう時に批判を捨てて救うことのゆるされる唯一の存在だからである。

しかし、それまでは、親は子供に干渉してはいけない。子供の仕事上の便宜、権勢、知己などを利用したがったり、結婚や就職など子供の運命を決定的にするような決断に口を出したりしてはいけない。

それはお互いに最後まで独立した人格を失わないためである。

親戚や友人に対する交際範囲やルールを、若い世代に押しつけないこと。

婚家先の人々に、比較的、無邪気な愛情を持っている婦人がいた。彼女は自分が若い嫁だった頃からつづいている交際のしきたりを守り、自分の息子夫婦にも、それを踏襲させようとした。

しかし、息子の世代はもう、母親と同じような親しみを一族の人々には持たなかったのである。老婦人からみたら、義理の姉妹であるが、彼女の息子と義理の姉妹たちの子供は従兄弟《いとこ》でしかない。従兄弟ともなると、気の合うのと合わないのと出てくる。気の合わない従兄弟とも親しそうな顔をしろと言われても、息子夫婦は煩《わずら》わしいだけなのである。

老人と若い者とは、本来的にその持っている世界が違う。決してお互いに、その交友関係を強制的にすすめたり、禁じたりしてはいけない。お互いに、それぞれの知己、友人には礼儀をつくし、出しゃばりすぎてじゃまにならないように控《ひか》えながら、親のために、あるいは子のために歓迎している、ということを顔にも態度にもあらわして、もてなしをすべきである。

ことに老人のところへ訪《たず》ねて来る客については、一家の中で優先権を与えてほしい。老人にとって友人は大切だし、行動も不自由になっていれば、お互いに訪ねたり訪ねられたりすることについて、若い世代の理解が必要だからである。それぞれの社会生活の分野を礼儀正しく守ってこそ、老人でも自立した生活をしていると言える。

メモ

他人の手を借りる時は、職業としてわり切ってやってくれる人を使うこと。他人の好意をうまく利用しようというさもしい根性はいけない。

年をとれば、自然何かと人手を借りることが多くなる。ただ、その場合、多少でも自分に経済力があれば、できるだけ他人の好意を当てにせず、仕事と思って事務的にやってくれる人を頼むべきなのである。

「ちょっと、これしてよ」という言い方のうまい人は若い男女にもいるが、年寄りの場合、何とかして、事を安上がりにすまそうとする意図を持つ場合が多い。家政婦さんを頼めるお金があっても、親戚《しんせき》の若い者を呼んで手伝わせ、タクシーに乗る経済力があっても、何とかして車を持っている知人に、一円もかからぬ自家用車を出させようとする。

そのことだけなら、これは世渡り上手の一つのこつと言えるかもしれないが、年寄りの場合は考えなければいけない。第一に、世間は、思いのほかトクになることしかしない人が多いのだから、年寄りの手助けなどしても見返りがないから、誰も喜ばないのである。こういうふうに書くと、なんと冷たい考えだろうと言われそうだし、確かに世の中には決してこんな人ばかりではない。高齢者に手をかすこと自体が喜びだという体験を持つ人は決して少なくないはずである。しかし私は年寄りとして、そのけじめをくずしたくはない。

他人の好意にすがることは、ずるずると自分の独立をくずすことになる。ただでさえ、独立して生きにくい年頃の、弱点に、その気分は拍車をかけかねない。

ある時、脚の不自由な婦人と、外国でいっしょになった。そう度々来られるという場所でもない。しかしその人は、何一つお土産《みやげ》というものを買わなかった。彼女の手には、いつもハンカチや財布を入れた小さな布の袋があるだけだった。

「お買い物をなさらないんですね」

と私は言った。

「私がものを持ちますと、どうしても近くにいらっしゃる方が『お持ちしましょうか？』とおっしゃってくださるようになるものですから」

「でも、少しくらいはよろしいでしょう」

と私は言った。

「でも健康な方だって、年をとるとものを持てなくなるでしょう。私は別に、自分が脚が悪いから、買い物ができないと思ってるんじゃないんです。それが老齢の普通の姿だから、別に気の毒じゃないんです」

彼女はそう言ってから、笑って付け加えた。

「でも私は、景色をうんと覚えて帰るんです。誰よりもたくさん思い出を持ち帰ってるのかもしれませんよ」

メモ

金を出しさえすれば、他人は動いてくれると思ったり、逆に、金を出さねば他人は何もしてくれないと思うのは浅はかである。

前に言ったことと矛盾するようだが、昔、私の知っていたある老婦人に、若い時、さんざん、婚家先の人々に、経済的な迷惑をかけられた人がいた。夫の兄弟を学校へ入れてやらねばならなかったり、姑の入院費をすべて出さねばならなかったりした。夫の従兄《いとこ》の妻などという人が田舎から出て来て、菓子折り一つで一週間も泊まっていったりした。

彼女が、人間の心はせめて金で表わすべきだ、と思うようになったのも無理のないことである。

しかし同時に、彼女は、人間の心が金だけで動くのではないことも忘れてしまった。彼女は、まことによく気がつき、もらった品物には必ずお返しを考え、自分のための出費は息子たちに対しても必ずその分だけ払い、何くれとなく身のまわりのものに心づかいをした。そして言うのだった。

《私が、お金をなくしたら、もう皆、何もしてくれやしませんよ》

私は、そんなことはない、と言った。誰かに親切にするということは喜びなのだから、純粋にその楽しさのためだけにでも、彼女に好意を尽くす人はいるはずだ、と言った。しかしその度《たび》に彼女はかぶりをふった。

《そんなことは信じられませんね。世の中は冷たいものです》

彼女は間《ま》もなく、一切の親切を、金めあてだと思うようになった。

《皆、私のお金を狙《ねら》ってくるんです》

彼女は自ら播《ま》いた種で、しだいしだいに世間の光景を荒涼とした冷たいものに変えていったのだった。

メモ

年寄りは、何事にも感謝をあらわさねばならない。感謝の表現があるところには、どんなみじめな境遇でも、不思議と陽《ひ》がさしてくる。

年寄りに限ったことではない。若い世代でも、「ありがとう」と言える人が減った。すべてのものを、自分の独力で作っている、と過信するところから感謝の表現は消失していく。もしたった一つ、年寄りがほのぼのとした老後のために守るべきことを選べ、と言われたら、私は、ためらいなく、「ありがとう」と言うことを選ぶだろう。感謝ができるかぎり、目も見えず、耳も聞こえず、体も動かず、垂れ流しであっても、その人は厳然として人間であり、美しい、みごとな老年と死を体験することができる。一般的に言って年寄りは実に感謝をしない。というより、感謝の念が失われることが老化の一つの症状として現われるようである。

口先だけで、不満一ぱいのいやみとしか思われぬ礼を言い、「私だって礼ぐらい言ってるじゃないか」という老人もいる。人間が心からなる感謝を持っているかどうか顔色一つでわかる。千万言の「ありがとう」も、底に裏はらな感情を抱いていれば、一言でわかってしまう。
苦しみの中から感謝することは容易ではない。しかし、感謝こそは、最後に残された高貴な人間の魂の表現である。そして感謝すべきことの一つもない人生はない。誰の力でここまで生かされてきたかを思えば、誰かに何かを感謝できると思う。

メモ

他人に何か仕事をやらせる時、その結果だけを見て、そのやり方については口を出さないようにすること。

年をとると、一切の方途《ほうと》が自分のやり方どおりでなければ気にいらなくなる。私の知人の姑は料理の味がやかましかったばかりでなく、砂糖と塩のツボを左右どちらにおくかということについても、自分のとおりにやることを嫁に要求した。たとえば塩を左におかなければ、料理は決してうまくならない、というような信念を持っていたのである。

もちろん老人の多くは、確かに若い者より有効な方法論をいくつか持っている。ことに家事の面では、生活の知恵といったものが、伝えられると便利なことが多い。

しかし人間は、本質的になかなか変わらぬものなのである。私はその点では、教育に関してさえ、かなり絶望的な気持ちを持っている。人間の本質は決して忠告くらいで変わることはない。この点については、古来いろいろな人がさまざまな意見を持ったであろうが、私の机の上には、たまたま沖仲仕《おきなかし》の哲学者といわれるエリック・ホッファーの『波止場日記』があるので、その中から人間がいかに変わらぬものであるかを描いた部分を書きぬいておく。
「すべての根底的変化には、モーゼのパターンに似た何かがある。モーゼは奴隷となっているヘブライ民族を自由人にしたかった。彼の任務は、奴隷を集めて自由であると告げるだけだったと思えるかもしれない。しかし、モーゼはよくわきまえていた。奴隷から自由人へ、自由人から奴隷への変質よりも困難で苦しいと知っていた。奴隷の身分から自由人への変質は、他の多くの根底的変化が必要である。まず第一に一つの国から別の国への飛躍――移住。したがって出エジプト。さらに重要なのは解放奴隷に新たな自己意識と再誕意識を与えることであった。（中略）
モーゼはいかなる移住にも、いかなるドラマも、いかなるスペクタクルも、いかなる神話も、いかなる奇跡も、奴隷を自由人に変ええないことを発見した。それはできない相談である。そこで彼は奴隷たちを砂漠に連れ戻し、奴隷の世代が死に絶え、新しい世代――砂漠で生まれ育った――が約束の地に入る準備ができるまで、四十年間待った。
すべての革命指導者は、熱烈に変化を説くけれど、人々が変わりえないことを知っている。モーゼと違って、彼には手ごろな砂漠もなければ四十年も待つほどの忍耐もない。そこで成人世代を追放するためのパージとテロ。

おもしろいことに、客観的な科学の世界においても、人間の頭脳は習慣にとらわれた日常生活の世界以上に順応性に富むわけではない。新しい科学的真理は、その反対者の説得によってでなく、その反対者がついに死に絶え、新しい科学的真理になじんだ新しい世代が成長するがゆえに勝利を得るのだ、とマックス・プランクが言っている。ここでもまた、砂漠の四十年が必要なのである」（田中淳氏訳）

日本には、このことをあらわす、きわめて端的な表現がある。「××は死なきゃなおらない」――××の部分には、いろいろな言葉が当てはめられる。人間は本質的に皆どうしても変わらないのである。ホッファー風に考えれば、我々は死によって、ようやく子孫に奴隷的な性癖や心情から逃《のが》れる運命を贈ることができる。どのような人間でも、これだけの贈り物を残すことはできるという、希望は与えられている。

しかし、自分が変わらないごとく、他人のやり方もまた、変えさせようとしても無理である。私たちが組織（家庭もそれに含まれる）の一員として他者に要求できるのは、冷酷に言って、せいぜい、その結果だけであって、方途まではない。

自分で処理できない心づかいは、他人にしようと思ってはいけない。

若い時からよく気のつく人で、年をとってもなお、盆暮の贈り物、病気見舞、冠婚葬祭の時の祝儀不祝儀《ぶしゅうぎ》を、完全にしないと気がすまないという人がいる。社会的にもいわゆる「大奥さま」のそのような心づかいが、ちゃんと伝わるように人手の揃《そろ》っている家ならばいいが、他人に命じてそれを続けることはよくない。

自分の健康、体力、財力が、それをできなくなったら、そのような交際からはごく自然に引退するほうがいいと思う。

もちろん、贈り物を選びに行けなくなったら、電話で注文するとか、才覚を働かせるのは、老化予防のためにもいいことである。

しかし、他人を使って、自分の生活の規模を維持しようとすることは、同居中の家族に迷惑になる。

自分が世話できなかったら、動物を飼ったり、植物の栽培をしたりすることを原則として諦《あきら》めること。

生きものを飼うというのは、容易なことではない。それは生命に対しても責任を持つ、ということである。枯らしてしまっていい鉢植、殺してしまってもいい小鳥などという概念は、それらの行為とは結びつかないものである。

老いて、一人暮らしをすると、愛情をかけるものが欲しくなるのは当然である。花壇を作ったり、犬を飼ったりしている老人は、心身ともに若いことが多い。しかし、自分の体力がそれを維持できなくなったら、諦めるほかはない。若い世代からみれば、老人の面倒をみるのさえ一仕事なのに、犬や植木までなんて、ということになるのである。

比較的若い老年の時代にペットを飼うと、そのために旅行ができなくなる不便も考えるべきだろう。メダカや金魚でさえ、一週間、二週間という短期間でも、閉め切った部屋に置き去りにすることはできない。

ペットのために旅行ができない、ということは、大きなマイナスだ、と私は思う。私の知人にも、せっかく定年で退職して自由になったのに、ペットのおかげで、夫婦揃って旅行したことがなく、代わり番こに出歩いている人がいる。

しかし、これも選択と好みの問題だ。旅行の不便はたまのことだが、ペットと暮らす楽しみは毎日のことだから、毎日の生きがいを取って、旅行は犠牲にしよう、という考え方もある。よく考えてどちらかを取るほかはない。

メモ

子供や孫の話の代わりに、ペットの話をするようになると、老化の兆《きざ》しが出て来たのだ、という人もいる。

先日、私は出席しなかった会合で、皆が延々と犬や猫の話をしているので驚いた、という人に出会った。もちろんちょっと飼い犬・飼い猫のことを話すのもいけない、というのではない。しかしペットに対しては――自分の話に対するのと同様に――他人が自分と同じ程度の感情を持つことは決してないものだ。自分が飼っているからかわいいのである。だからその話を長々とするのは、確かに自分勝手になっている証拠でもある。

しかし老後になって、植木やペット、時には競馬やパチンコなどを楽しみにしている人はいくらでもいる。だから自分を過不足なく表わすために、そういう話をして悪いわけではないのだが……ペットが自分の世界の大きな部分を占めるようになっているということは、いささか用心してもいい状態である。

固定観念をやめること。
社会は変化のうちにある。悪役は常に舞台の下手《しもて》から出てくる、などと思っていると、考えの老化に拍車をかける。

眼や耳が不自由になるからだろうが、老人になると、他人のあらゆる属性を固定したがる。

自分の知人が十年前に中央線沿線に住んでいたとすると、彼が総武《そうぶ》線沿線に引っこしたということを、なかなか納得できない。

世界は定義づけで一ぱいになる。

ところが、世界は日々定義を自ら脱皮するのである。小学生は決して自殺しないものだと思っていると、ある日突然自殺をやってのけるし、ソバ屋はソバを食べさせるだけの所かと思っていると、ある日ライオンを売るようになるかもしれないのである。ソバ屋でライオンを売るのは、おかしいと言うのはわかるけれど、そのようなことが、世の中の新しい変化というものなのだ。

道具や薬、電車の路線などもすべて変わる。もっと便利な衣服や道具は毎日のようにできるし、今までＪＲでしか行けなかった土地に新しい私鉄の線が延びたり、逆にあったはずの私鉄が廃止になったりする。

老年は、軽薄なくらい、新しもの好きであっていいのかもしれない。

年寄りが、過去の経験を頼りに、カンを働かせて、衰えてきた機能の補塡《ほてん》を行なうのはやむをえないが、できるだけ柔軟な観察と、論理立てを繰り返す習慣をつけることは必要である。

若い人は週刊誌などはあまり読む必要もないが、年寄りには大切かもしれない。

メモ

新しい機械を使うことを、絶えず積極的に覚えること。

これもまた、明確に、老化の度合いを心理的にはかることができる。

新しい道具を与えられると、どう使っていいかわからない。何度、人から説明されても、説明書を読んでも、自分にはわかりっこない、と思う。どんなに高い教育を受けていても、知能が高くても、わからないと決めてかかって、そんな新しい器具を使わせられるくらいなら、少々の不便は我慢してもいいから、今のままがいい、と拒絶する。

この徴候は若い人にもあるが、心理的老化とはかなりその度合いを一致するもののように見える。

使いそこなうことは、その人の性格と能力の問題である。しかし、初めから使わないと拒否することは老化である。

よく「あの人は、本当に私の言うことが正しい、まわりの人がもう少し考えを改めなきゃ、と言ってたよ」という形で、自分に言われた慰めの言葉をそのまま真《ま》に受けて、他人の非難の材料にしたり、自分の正当性を立証しようとしたりする年寄りがいる。そして老人向きの発言をしたその同じ人物が、たいていの場合、相対する立場の人に向かっては、まったく別の言い方をしているなどと知って怒るのである。

私は今までのところで、この老人向けの言い方がうまくできないので、かえって、ことを紛糾《ふんきゆう》させてきた。誠実でありたいと願う一本調子の人間が必ずしも、世間では人々にしあわせを与えられないことのいい見本である。

私の知人に、継母に育てられた男の人がいた。継母は学校の先生で知的な人であった。彼は外では、「うちの先生は……」などと継母を綽名《あだな》で呼んでワルクチのようなことを言い、しかし家では、他の女の姉妹たちと違って、一番継母と仲がよかった。母の日には赤いカーネーションをささげ、継母をおいしいものを食べに連れ出したりした。根が賢い継

母も、しだいにこの継子《けいし》を評価するようになり、

「私のことはずっとアダナで呼んでるんですよ」

などと薄々知りながら、愛していた。

この継子は、決してある意味では嘘をついているものでもないのである。継母と、初めからうまくいっていたりしたら、それこそ怪しげな感じさえする。継母と継子などというものは、初めから違和感に悩みながら、お互いの苦労を許し合う仲になれば大成功なのである。だから彼が「先生」にうんざりしていたのも本当なら、「母さんは知的だよな、ホント」と面と向かってほめるのも本当なのである。表裏があるとか、いい加減なことばかり言っているとか責めることはない。人間の心はもともと分裂しているものである。

しかし、年寄りになると、誰それは私の心をわかっているとか、誰それは私の味方だとか、幼稚な表現をするようになる。気の合った仲というのはあるが、それは相手が正しい人だから好くのではない。なんとなくものの感じ方、おろかしさ、性質、趣味などが似ているから仲よしになるのである。味方だから受け入れ、自分を非難するようになったら拒否する、という形に思考形態が変わってきたら、老化がかなり進んでいると、みずから自覚したい。

ほめ言葉にさえも注意すること。
高齢者で、しかも社会的な地位を持っている人であれば、
発言にはよくよく注意しなければならない。
ほめる時は、当人にだけ、そっと伝えるくらいの心遣《づか》いがほしい。

ほめることはいいことなのだが、思わぬ逆効果を生むことがある。

高齢者に対しては、その評価を皆注目してきくという姿勢が世間にあるから、目下《めした》の特定の個人に対する毀誉褒貶《きよほうへん》は、慎重であることが望ましい。

けなす場合も、高齢者であればあるだけ決定的な重さを持つ。ほめることはいいことなのだが、よいとされることも、常に幾つかあり、一つだけほめることは、そうでないものの価値を認めないということになる。

ことに、責任者的立場にある人は、組織的な表彰という形をとる以外は、個人的なほめ方を、一般に知れわたるような場所でするような軽率なことは避けるべきだろう。どうしても個人的にほめたければ、その当人を呼んで、ひそかにほめてやればいい。それを当人が言いふらすか、ふらさないかは、相手の性格の問題である。

一人を公《おおや》けにほめることによって、逆に十人に、「あ、あの人は、あの程度のことにしか感動しないのか。他のことはみていないのか」という失望を与えている例を会社などでよくみかける。

組織のうえで人の上に立つということは、老年になっても、普通人には必要のない自制心を必要とするのである。

メモ

位階、勲等をほしがったり、特殊な名誉を持つ団体の会員や役員になりたがったり、碑《ひ》・銅像その他を建ててもらいたがらぬこと。これらの欲求がもし起きたら、老いのあらわれと自戒する。金箔《きんぱく》をおいた高価な全集なども出さないほうがよい。本は体裁《ていさい》ではなく、内容である。できるだけ誰もが買いやすい状態で、人々に読んでもらうべきだからである。

ある時、山奥の湖に久しぶりに行ったら、一つの歌碑が建っていた。役場の人にきくと、ある日、一人の歌人だという人から電話があって、今度、湖畔に自分の歌碑を建てるから、と一方的に通告してきたのだという。

「別に悪いものではありませんから」

ということだったが、悲しい心だと思った。石に刻まねば残らぬようなものは消えればいいのである。そしてまた、何事によらずそれほどに、自分を主張しなくてもいいようにも思う。芸術が、社会的な名誉を得ようとすると、そのとたんに人間の俗物性にまき込まれる。芸術はそれを愛する人々の心に遍在してこそ本来の命を保つのである。

社会的な栄誉をほしくなるのは、どう考えても、芸術そのものに対する愛情の涸渇《こかつ》や不安を感じているからだとしか思えない。

芸術が涸渇することは、少しも恥ではない。あらゆるものは、いつかはやむ。

こういうべきであろうか。栄誉をほしくなることは致し方ない。しかしその時は、芸術のほうはやめるのがいい。

私にとって人間の死の最もきれいな姿は、風のようにあとかたもなく消えることで、死後の名声を願う気持ちが私にはまったくわからない。私は昔は伝記的小説を読み、それを楽しんでいたが、ここに書かれた当人が生きていたら、不正確なことばかりなのでさぞかしおかしくて笑いだすか、怒るだろうと思うことがしばしばあった。それは、私が自分について書かれた小さな記事を見ると、ほとんど正確であったためしがないことをみても明らかである。だから私は、最近は不正確に決まっている伝記小説を読まなくなってしまった。

世の中には悪口でもいいから書かれたいという人もいるそうだが、静かに消えるのが私は好きである。小説家が年とってちっとも書かなくなり、そのうちに死んでいた、という経過は、考えてみるとなかなか粋《いき》な末路だと思う。すべて民草《たみくさ》の死はさりげないのがいい。さりげない死に方ができてこそ、初めて雑草のごとき死の栄誉が与えられる。

メモ

芸術の分野において、けなされることのない老大家になったら、もうその時は、社会はその名を盲目的にあがめているか、さもなくば実は識者たちから見限られているのだと思い、ひそかに（小説家の場合なら）筆を折るほうがいい。

この項目だけは、私に関係のないことであるが、一つのパターンとして小説家を選んだ。芸術ばかりではなく、他のあらゆる仕事の分野において、老いは光栄と盲目とを同時に与える。偉大な栄誉を持つ人ほど、その盲目ぶりを指摘されることなく、実は世間から敬して遠ざけられている。当人は気がつかないままに、まだ世間は自分を尊敬しているのだと思う。

老いを計る機械はないか。口臭を当人に警告する装置はこの頃できたそうだが……。

ある老作家の話を聞いた。私の好きな作家であった。いつの間にか、てにをはが乱れて文意がわからなくなった。編集者がそれとなく、訂正してもらうように頼みに行った。しかしやはりなおらなかった。

この話は、どきりともしたし、私にほっと安心感をも与えた。私の仕事は、そのようにして、間にフルイの役目をしてくれる若い人がいるからいいな、と思った。そのフルイにひっかかって、これはもうとうていまともな一人前の人間の仕事でないと思われれば、そこで落とされるという安心がある。しかしこれも、期待していいのは、普通の作家の場合である。泣く子もだまる大作家になると、親切なフルイの役目をする人はなくなる。少々つじつまが合わなくても、大作家というだけで、その人の文章は活字となり、世の中を煩《はん》悶《もん》させる。他の分野でもこれと似たことはあるだろう。

もちろん、それも決して悪いことばかりではない。大作家が、てにをはの乱れた日本語を書いたとしても、それはそれなりに、人間の哀《かな》しみと凄《すさま》じさを感じさせて、私はあたたかい思いになる。理由はないが、「それでいいんだなあ」と思うのである。

しかし、普通はそのような危険をさけようとするだろう。

半ぼけになっても被害が少なくてすむものはなにか。

私は焼きもの作りをしている自分を想像する。個展を開くとか、作品を桐箱《きりばこ》に入れてやたらに箱書きをしたがるようにさえならなければいい。恐らく私は、目も当てられぬようなな皿や茶碗を、知り人の誰彼に恩きせがましくおしつけたりするだろうが、それは、まあ比較的被害は少ない。もらった人は、とうてい使えないと思えば、すぐに割ってしまえばいいのである。茶碗は土である。すぐに土に戻る。こういう趣味は無難そうにみえる。

こういう計算を若い日に立てて、これでけっこう危険を防げるようなつもりになっていた。若気《わかげ》のあやまち、ではない、若気のおろかしさ、というものである。しかし、いつかは、心の〝てにをは〟が乱れるようになる運命からは逃《のが》れられまい。

✎メモ

「平均寿命」を過ぎたら、どんなに若い気力と体力をもっていても、選挙、教壇になど立たぬこと。公務に就《つ》かぬこと。死の可能性が多いのだから、選挙民や学生に対して無責任である。

まわりのひとが、ひそかに、ぼけているのに気づいているのに、当人は平気で政界に出たがるような人が時々いる。家族は、少しは気にしているのだが、今さら出馬を諦《あきら》めさせたら、当人ががっくりするからというので、選挙を応援したりしている。まことに社会に対して、身勝手がすぎるというものである。

有名な女性の政治家がいて、八一歳の時と、八七歳の時に、二回参議院選に立った。人々はこの政治家の清潔な政治活動や理念を賞讃したが、私は一度もそう思ったことがない。人間は平均寿命をすぎたら、いつ死ぬか、死なないまでも急に体力が衰えたり、ぼけたりしないものでもない。統計上そういうことになっている年齢をすぎてから選挙に出るなどというのは、実に無責任なことである。私はこの方を個人的には知らなかったが、立派な方だったというから、こういう思い上がりをしたのは、つまりその時からぼけ出していた、ということなのだろう。ことに政治などというものは大きな責任を担《にな》うものだから、少しでも体の不調を感じたり、一定の年齢になったら、危険を回避するために、やめなければならない。

老人を敬老の意味で役職につけたら、いつまでもその席にしがみついていられて困った、という話を聞いたことがある。このような弊害に関する用心は、六十歳をすぎたら自らに課すべきである。六十歳はもう若くないのだから、たえず若い世代に道を譲る精神を堅持すべきである。

メモ

ひたすら優しくされたら、かなり衰えがみえて、労《いたわ》られているのだと思ったほうがいい。言い返されたら、一人前に扱われているのである。

自分の判断力が狂っているかどうかを見きわめるには、こんなことを利用するほかはないと思う。

年寄りの中には、バカにされても何でもいいから、ただ優しくしてほしいという人もいるが、それは自ら人間を放棄したものである。もちろんいつかは放棄せねばならぬだろうが、何でも憐《あわ》れんでもらえばいいという気持ちは、私には最もいやなものであった。老後に受けるべきは憐れみではなく、ごく普通の人間としての処遇である。できれば、尊敬も受けられたらいい。しかし、先にもふれたように、尊敬はいたずらに年をとっただけではだめである。人間としてそれにふさわしくなければいけない。

口答えされたら、それは、まだ相手が自分に論理的であることを期待している証拠だから大いに喜んでいいのである。猫撫で声で何でもご無理、ごもっとも、優しくされだしたらもう終わりだ。

世間や周囲に対して、見えすいた求愛をしないこと。

老人の中には、はたの人々の注目を自分に向けさせたいために、たえず病気になりたがったり、わざとケガをするようにしたりする人がいる。その結果、医者に来てもらったり、入院したりすれば、見舞に来てくれる人もいるだろうし、いい気分になれるのである。

もちろん老人は淋しいためにこれらのことを考え出すのだが、周囲にはすぐそのことがわかるから、はずかしいものである。

一般に（若い人をも含めて）、男の求愛のもっとも高圧的な形は「殺すぞ」と言うことであり、女のそれは「死んでやる」という形をとるのだと言う。この頃は子供にまで、こういう反応がひろがり出した。いずれも暴力である。自分を傷つけたり、病気になりたがったり、弱いふりをしたりするのはその手前の段階で、してはいけないと他人に言うわけにもいかないが、私自身は、あまり好ましい表現とは思わない。

年をとってから離婚すると、楽にはなるが、淋しさはきびしい。楽であることと、淋しさと、いずれをとるか？

配偶者に死別した場合、あるいは自分が望まなくても捨てられた場合には、一人で暮らすことに、ある種の諦めがあるようである。

しかし、自分から望んで離婚した人々の中には、老後になって非常に淋しい生活しかないことに愕然《がくぜん》とする人があるらしい。

私の昔知っていたある夫人は、気むずかしい夫のために、彼女の言葉によれば、地獄のような苦しみを味わった。いつ夫に叱られるかと恐れつづけたために、ハゲになってしまったこともあった。ついに耐えきれなくてこの状態から逃《のが》れたあと、彼女は苦労して子供を育て、やがて、息子夫婦は外国へ駐在員として移り住んだ。彼女は一人きりになってみると、淋しさが身にしみるようになった。

何げなく歩いている夫婦を見ても、あの人たちは二人だからいい、と思う。その息子という人の話によれば、かつて離婚しなかった頃の母は、ひたすら自由に憧《あこが》れていた。しかし、一人になってしまえば、自分がやっとの思いで得た幸福はただ、不満の種になるだけであった。

憎しみさえも、時には淋しさよりいいということになるのだろうか。このへんのところを、人間はあらかじめ予測することは不可能なのであろうか。

望んで離婚して一人になったのなら、年とった夫婦を見ても、「ああ、あのひとは、年とってまだ夫《ひと》の面倒をみてる。大変だなあ。その点、私は何と楽だろう」と思えなければ意味がないのである。

夫と死別した人もそうである。他人を悪く、自分をよく思え、というのではないが、一人には一人のよさがあることを考えねばならない。

その反対に、昔、仲がよかった夫婦で、夫のほうが、脚《あし》が不自由になった人がいた。夫は大男であった。お手洗いの介助をするにも、容易ではない。老夫人は小柄な人であったが、しだいに看病するのを、こぼすようになった。早く死んでくれたほうがいい、と口に出して言ったわけではなかったが、そうとしか聞こえないような言葉を口にするようになった。

人間は弱いものだから、自分を庇護《ひご》してくれていた間だけ感謝し、自分のお荷物になると憎むようになることもあるかもしれないけれど、昔、仲のよかった夫婦なら、相手に対する感謝の思いを示すためにも、優しく労《いたわ》り続けるべきではないかと思う。そうでなければ……あまりにも侘《わび》しい。

メモ

老人であるから、ということを、失敗の言い訳に使わないこと。

社会とごく普通の関係（人間的、経済的、政治的、学問的など）を保っている老人で、失敗があると、急に、「私は老人だから」とか「老人に向かって何ということを言うか」とか言い出す人がいる。

老人であることを認めるならば、初めから普通の社会的な契約にもとづくような関係を持たないことである。賃金や報酬も低くあるのが当然だし、社会的に責任のある地位につくことも遠慮しなければならない。地位についたからには、失策があった時、「私は老人なのだから」と言い逃《のが》れをすることは許されない。これが辛《つら》ければ、食べ物を自ら、腹八分目にとどめておくように、仕事も半分くらいに重さを減らしておかねばならない。

もの忘れ、足腰の不自由などについて、いちいち言い訳をしないこと。

言い訳をするのは、よく気がつく年寄りに多いが、それは、かえって耳ざわりなものである。

もの忘れも、足腰の不自由さも、すべて自然そのものである。堂々と忘れ、堂々と不自由にふるまえばいいのである。

ただし、あまりそれらの症状がひどくなったら、まわりの者に気をつかわせないためにも、公《おおや》けの場には出ないくらいの礼儀は心得ていたほうがいい。一つには現代の生活の中では、たとえば足腰の不自由な人の外出を安全にするためには、予想外の人手が必要なのである。ことに都会の自動車や人のこみ具合は、体の不自由な老人を親切に受け入れる状況にない。そこへ連れ出すのには、倍も三倍もの人手と注意が要《い》る。

老人が、慎《つつ》ましく堂々と老いを受けとめていさえすれば、誰も敬服するものである。

できるだけ早い時期から、自分の健康管理に役立つ本を読んで、医者に掛からずに、何とか自分の体を自分で保っていけるようにすること。

「もし糖尿があるなら、糖尿病に関する本を自分で読んで、病気に関して素人なりの知識を持つこと」である。そして必要な食養生があるなら、自分で病気にいい献立を作れるようにしておくべきである。

私は五十歳をすぎた頃から、素人向き、専門家向きの、漢方や整体や鍼灸《しんきゅう》や指圧の本などを読むようになった。とは言っても、頭がちゃんとした読書に耐えるような時間には、もっとまとまった本を読むようにした。「自分の体を保つことが仕事」ということにいつかはなるのだろうが、できることなら、最後まで「生きて考えるのが自分の仕事」ということにしておきたかったからである。

その中で、もっとも役にたったのは、漢方の知識であった。急性の病気には西洋医学、病気にならない体を作るのが漢方という分け方は正しいので、漢方を利用したからといって、急に一切の薬を飲まなくなったりはしないものである。

漢方との付き合い方も、人任せのうちは惨憺《さんたん》たるものだった。四十代の終わりに人より早い白内障が急激に進んだ時、誰かが八味丸という薬が白内障の特効薬だ、と教えてくれた。私は見えるようになりたい一心で律儀《りちぎ》に数カ月それを飲んだが、それは全く効いた気配がなかった。後でわかったのだが、その薬は私の体質に全く合っていなかった。

白内障は手術で劇的によくなったのだが、やがて私は膝《ひざ》が腫《は》れて痛むようになった。母にも同じ症状があった。私は整形外科に行き、それは老人性関節変形である、と言われた。医師は「もうお年ですから」と言い、暗に諦《あきら》めたほうがいいという口調だった。

しかし私はそうしていられない理由があった。茶道のお茶席に招かれたくらいなら、私はお茶の心得がないのだから、「申しわけありません。足を傷《いた》めておりまして……」と正座しないでも済む。しかし私はまだ地中海沿岸の文化や、聖パウロについての調査を続けていた。数人が車で移動する時には、私が炊事係だった。私は床に広げたかばんの中から、必要な調理用具を探したり、材料を取り出したり、残りをきちんと整理したりする必要があった。それらのことは、床にひざまずく恰好で行なわなければならないから、膝を庇《かば》っていたりしたら、とうていこの遠征の要員にはなれないのであった。

私は何とかして膝を自分で治《なお》そうとした。漢方の本を読み始めたのはその頃からである。私は自分が低血圧で、冷え性で、何となく血の巡りが悪い、という感じがあった。だから、まず手初めに、血流を促《うなが》す薬を使ってみようと思った。

私はそれより前に、漢方医のところで薬を調合してもらっていた時代があった。喉の悪いのが治らなかったからである。その薬は毎日土鍋で煮なければならなかった。煮るのは大したことでないにしても、悪臭が家の中に充満するのは、人迷惑なものであった。その上、薬は全く不味《まず》いものであった。

私のような怠惰な者にとっては薬を続かせるには、簡単だという条件が要った。私は今度は、もう煎《せん》じなければならないような漢方薬はやめることにした。今はエキス剤を錠剤にして売っている。薬としてはもちろん煎じるほうが有効だとは知っているが、最善ではなくても次善でも致し方のないことがある。

三カ月が経ったある日、私はふと自分が何の痛みもなく、膝の屈伸ができるようになっているのに気がついた。私は非常に初歩的な「桂枝茯苓丸《けいしぶくりょうがん》」という鬱《うっ》血《けつ》した血を動かす薬を飲んだだけである。それだけでもう、治らないと言われた「老人性関節変形」が自覚しなくて済むようになったのだ。

私は漢方医を不要と言っているのではない。しかし自分の体の実に細かい癖は、自分にしかわからない。だから私は、それから漢方薬の基本原理を読み、一つ一つの薬草の性癖や調合の理念のようなものも勉強した。そして今、私の洋服簞笥の一隅は、漢方薬の棚になっていて、その時々で、適当と思う薬を使っている。もちろん、私は資格もないから、人には勧《すす》められない。桂枝茯苓丸という薬を明かしたのは、この薬だけは、かなり幅広く、どんな体質の人にも服用可能な、穏やかで初歩的な薬だということを知っているからである。しかし漢方には、連用してはいけないものも、副作用が皆無とはいえないものも、それだけだと毒になるものも使っている。それを知った上で、自分の体質と照らして使わねばならない。だから、自分の体だけにしか適用できない。

明日も飲みたいと思うかどうかが、漢方薬が自分の体質に合っているかどうかを計る目安だ、というのを読んだことがあるが、これは名言である。

素人がそんな勉強をするのはむずかしいでしょう、という人がいる。しかし私はすべて独学でやった。一晩五分ずつ、何年も時間を見つけて読んでいた。日本語ができる人なら、本を読めばわかる。どんな漢方薬の解説書を読んだらいいかも、私は自分で探した。人によって到達の方法はいろいろある。時間はたくさんあるのだから、こういう独学に当てるのは、いい時間の使い方なのである。

自分に効《き》いたからといって、健康器具、薬などをやたらに他人にすすめないこと。

私は物好きで、何とか健康器とか、漢方薬とかを、折があればすべて試《ため》してみたいほうである。そして、また、医療には思わぬ抜け道があるもので、こんなものが、と思うような療法が、慢性病にはよく効《き》くことがある。

しかし親切のあまりとはいえ、これらのものを他人に強くすすめる、というのはあまりいいことではない。相手が善意だけに、断わる理由もなく、けっこう値の張る機械など買わされ、すぐに使わなくなって置場にも困っているというケースをよく見かける。

話をするのはいいが、決してしつこくむりじいしてはいけない。

排泄《はいせつ》に関する機能上のテンポに関しては、あまり神経質になりすぎないこと。

生理的に快適な状態を保つということは、人間にとって重大な関心であり、ことに老年になっては、それらの機能の良否が、存在の実感のほとんどを占めるということにもなりかねない。

秘結《ひけつ》（便秘）に関して、人間は一般にかなり鈍感か神経質かに分かれる。私がここでふれようとしているのは決して医学的な問題ではない。医師でもない私にはその資格はない。ただ、何日間秘結したらいけないかぐらいは、めいめいが自分の体質や常識的な知識からわかっているはずである。一週間も十日も半月もほっておいてどうにもならなくなるのも困るが、一日ないからといって大騒ぎをするのも、老年になって、他に考えるべきことがなくなった生活の精神上の貧しさをあらわしている。通じに関する関心は、そのほとんどが心理学の問題である。

老人に関する肉体上、精神上の注意を今でも実によく書きあらわしていると思うのは、貝原益軒《かいばらえきけん》である。病気になったら、まず食餌療法《しょくじ》をして、それで治らなかったら薬を使えとか、あぐらをかき、もたれて坐《すわ》るのはいいが、横になりたがってはいけないとか、実にせんさいな配慮も充分になされているが、この生理作用については、「大便秘するに大なる害なし、小便、久しく秘するは危し」と『養生訓《ようじょうくん》』の中で簡明に述べている。

メモ

突然の性格や感情の変化はどこかに病気があることが多いから、よく調べること。

急に疲れやすくなった、というのは自分でもわかる。しかし急に世の中が暗いように思えたり、怒りっぽくなったりするのは、血圧の異常であったり、動脈硬化のせいであったりする。しかし当人は決してそう思っていないし、そういうとますます怒ることがある。
人間の精神は肉体の状態で簡単に左右されることがある。だから自分の性格が突然変わることがあり得ると普段から思っていて、そう言われたらむしろ進んで医者に行くべきである。なぜなら先天的な性格はとうていなおらないが、後天的に、何かの原因によって惹《ひき》起《お》こされたものは、その原因をとり除くことによって、わりとたやすくよくなるからである。しかし、自分の体験からみても、たとえば鬱病《うつびょう》のようになった時、それが血圧がうんと下がっているせいだと気がつくことは、なかなかむずかしいのである。

乗りものの混む時に移動せぬこと。

老人がラッシュアワーに乗り込まなければならぬ、というような場合はめったにないものである。電車に限らない。デパートの特売場とか、遊園地とか、人混みのひどいところは、怪我《けが》のもとだから避けたほうがいい。ゆっくり狙《ねら》っていれば、どんな場所にも、人のあまり来ないという時機があるものだからである。

メモ

荷物を持たぬこと。

外出や旅行をする時に、年寄りは荷物を持ってはいけない。同行者がいなければ自分が疲労し、同行者がいれば見るに見かねて「お持ちしましょう」と言わねばならなくなるからである。中には、それを半ば当てにして荷物を持つ年寄りまでいる。

老人だからというので、旅先で買い物一つしてはいけない、というのは労《いたわ》りがない、差別だと怒る人がいるが、そうではない。

私はまだ老人という分類を受けるには早い年頃から、まず荷物を持てなくなった。人間の老化はその人の個性によって出る。歩く速度から遅くなる人もいるし、歯が真先にだめになる人もいる。私は足も早く、歯も丈夫だったが、早々と荷物が持てなくなったのである。

若い時は、私も旅先でよく買い物をした。今でも覚えている一番強欲《ごうよく》な買い物は、北陸で寒鰤《かんぶり》を一本買っておろしてもらい、四十切れほどになったのを東京まで持って来たことがある。それほど私は食いしん坊だったのである。

しかし私はしだいに、ハンドバッグまで軽いのを持とうとするようになった。鰤を一本買って帰るなど、夢のまた夢である。もっとも最近では、宅急便とかクール便とかいうものがあるから、鰤がほしければ、クール便で送ってもらえばいい。つまり自分ができないことは、自分で費用を払って（人の好意に頼るのではなく）自分の希望を達成するという手だては残されている。しかし世間で不評なのは、お金を出さず、「何となく」ただでしてくれる人を当てにするという老年の卑《いや》しさなのである。

年寄りでなくとも、障害者でなくとも、誰でも自分が荷物を持てなくなったら諦めるのである。あるいは、それほど土産を買うような経済的な余裕があるなら、自分よりずっと若い荷物持ち役の付添いを、外出の度に自分の費用で連れて行くことである。買いたいもの、持って行きたいものは、その人に持ってもらう契約をすれば、誰に遠慮をすることもない。

食物の食べ方については、自分の能力を常によく考えて用心し、配慮すること。

モチをのどにつまらせて死ぬのも、長く苦しまないし、ある意味では悪い死に方ではない、と私はよく思う。しかし、まわりの者は驚くだろうし（世間から笑いもの扱いされることは問題にならないが）、一応の用心をすることは礼儀というものであろう。

私自身、物を飲み込むという機能が生まれつきよくない人間である。大きめの薬の錠剤、ビフテキ、イカの糸づくりなどというものが、若い時からよく飲み込めないことが多い。イカの刺身が咽喉《のど》に引っかかって、死にそうになったこともあった。それ以来、恐怖がひどい。

物を小さく切って調理すればよいのである。肉などナイフ・フォークで切ることが、運動マヒなどで不自由になったら、調理用のハサミで自分で小さく切って食べればよい。ある医師の話だが、老人の腸閉塞の原因の多くは、長いままの菜っぱを食べることだという。菜っぱを短く切るだけで、この手の事故はかなりふせぐことができると言う。

ことに注意を要するのは、飴玉《あめだま》である。先日もある老人ホームで、つるりとした飴はいけない、という話を聞いた。いれ歯なしで歯ぐきの間をつるつる滑らせているうちに、するりと気管のほうに入るのだという。角ばった飴ならば、いくらかその危険性を防げるそうである。

急いで食べないことである。年とって仕事も減ったのだから、食事はゆっくりとればいい。

メモ

食事の時は、できるだけ礼儀正しく。

老人の無礼は、若い人にいやがられるもとになる。


ヘミングウェイの短篇の中でも、虚《むな》しさの極《きわ》みを描いた「清潔な明るい場所」には、一週間前に、自殺をはかって失敗した、という老人が一人、夜のカフェのテラスの、風にそよぐ木の葉の影の中に坐っている場面がでて来る。老人は耳が遠い。給仕の一人がブランデーを注《つ》ぎに行きながら、「あんたは、先週死んじまえばよかったんだよ」と言ってもわからない。

「あんな年寄りになりたくねえなあ。年寄りってものは、きたならしいや」

若い給仕は言う。

「そうとも限らんさ。あの年寄りは清潔だよ。飲む時も、こぼしもせんし、今みたいに酔っ払ってもね、ほら見てごらん」

そう言った年上の不眠症の給仕はそれから例の有名な虚しい祈り——恐らくは鬱病《うつびょう》と戦い続けたヘミングウェイの心からなる魂の叫びに違いなかった哀しい祈りを呟《つぶや》くのであ

る。
「無《ナーダ》にましますわれらの無《ナーダ》よ。御名の無《ナーダ》ならんことを、御国の無《ナーダ》ならんことを、御こころの無におけるがごとく、無においても無ならんことを。われらに無を無にするごとく、われらにわれらの無を無にさせたまえ。われらを無のうちに無にしたまうことなく、無よりすくいたまえ」(佐伯彰一氏訳)
ヘミングウェイ流に言えば、老年は、いや人間はすべて、徹底的に虚しいのである。それだからこそ――虚しいからこそ、きっちりと乱れることなく、酔わなければならない。清潔な明るい場所で……。

メモ

視力、聴力などの不自由に対しては、一刻も早く、手入れをすること。どうせ年寄りで治らないのだから、と、ほっておくことは、自ら自分の生命力を縮めるようなものである。しかし補聴器を使うようになったら、会議に出てはいけない。

老人になって足が不自由になっても、眼のいい老人には、読書やテレビの楽しみがある。眼も使わなければ退化が早いだろうから、読書のために明るい電気スタンドを備え、虫眼鏡を用い、眼の訓練を続けるべきである。

読書やテレビほど、安上がりの上等な娯楽はない。

老人の耳の遠いことに対しても、世間は一般に諦《あきら》めがよすぎるようである。耳の遠い人は長生きするなどと言っているが、耳が悪いと、第一に家族や友人の話から取り残される。会話がとんちんかんになったり、同じことを何度も繰り返さねばならないので、周囲は自然会話をするのがめんどうくさくなってしまう。外界から入ってくる刺激が少なくなるので、当人の話題も少なくなるのである。私の知り合いの老人で、まわりの者と話ができない、といって嘆く人がいたが、彼女にとって、いつのまにか話とは、誰かが、彼女にだけ話しかけてくれるという形を指すようになっている。会話とは加わるものであり、非常に多くの場合、自分はしゃべらずに、人の言うことを片耳で聞き流しているものでもある。聞くことはしゃべる以上に大切である。聞く能力を失うことは、大いに用心しなければならない。

耳が聞こえないことは、決してその人の知性が劣って来たことではない。しかし、会議とか、交渉とか、細かい音声が聞こえないとすばやく反応できない場には向かなくなったのである。だから、そのような任務にしがみつくべきではない。

しかし耳が遠いということは、その人が思考したり、書いたり、手作業をしたりすることには全く差し支えないであろう。だから、自分にとって得手《えて》の分野で働き、活動をすることを楽しみにすべきだろう。子供の時から近眼で人の顔が全く覚えられなかった私が、社交をしなくても済む作家になったように、その人に適《あ》った道というものはいつでもどこにでも残されているのである。

補聴器や眼鏡には、乏《とぼ》しい予算でも、無理をしてお金を出すべきである。子供たちも、お菓子や座布団を贈るより、これらのものに心を配るといい。

また、もし視力に関する自信のない人であれば、若いうちから、目が見えなくなった時のために、自分で自分の繰り返して読みたい本をテープに吹きこんでおくのもおもしろい試みだと思う。

メモ

口臭、体臭に気をつけること。いわゆる年寄り臭《くさ》い匂《にお》いというものがある。香水の一瓶も常備して、ごく少量ずつ使うとよい。

老齢になると、さっぱりして体臭も少なくなる、ということに安心してはいけない。一種独特の老人の匂いというものがある。

ことに口臭を注意してくれる友人を持つことは必要である。他人のほかのことは簡単に言えても「あなたの口臭《くさ》いわよ」と言える人はごく少ない。本来は配偶者が言えばいいのだが、配偶者がいないか、いても年をとっていて、鼻ツンボになっていたりするとどうしようもない。

何となく口臭が気になっていたが、半年後に胃癌で入院したという人もいた。あの時、私が注意してあげればよかったのだろうか、と後になって悔《くや》まれた。しかし、口臭がするようになってからでは、もう遅かったかもしれない、と自らを慰めた。

自分では気づかぬ口臭だけは、お互いに気をつける条約を結んでおいたほうがいい。

年寄りの厚化粧は気味わるいというが、身だしなみは、年寄りになるほど必要だと思われる。お婆ちゃんでもアクセサリーをつけた人は明るい感じがする。爽やかな老人の周囲には、必ず人が集まり、それによって、生活も賑《にぎ》やかになる。

メモ

年をとると不潔に平気になる人がよくいる。よく洗うこと。

加齢によって、視力や嗅覚《きゅうかく》が衰えることは致し方ないが、寝具、シャツ、寝巻など平気で汚いのを着ている人がいる。洗うシステムができていても、出さないのである。清潔にするということは、自分のためであると同時に、周囲の人に対する礼儀である。それゆえ、肌着は毎日かせいぜい一日おき、寝具や寝巻なども日を決めて、汚れているように見えても見えなくても洗うべきである。年寄りが薄汚く見えるのは、実際に不潔になっているという場合も決して少なくない。

✎メモ

手洗いに入る時は、戸をよく閉め、鍵をかけること。膝をきちんと揃《そろ》えて椅子《いす》にかけること。

この二つも、老化の度合いを確実にあらわすものである。

どういうわけか、手洗いに入って戸を完全に閉め、鍵をかける、というそれだけの行為が、年をとるとめんどうくさくなるらしい。年寄りだから開けっ放しで用を済ませても、大したことはない、と言えばそれまでだが、問題は、その気の弛《ゆる》みと世間に対する配慮のなさである。

手洗いに入ってだらしなくなる老化現象以前に、椅子《いす》に坐って、膝を合わせられなくなるという徴候が現われる。太って自然に膝が開いてしまう人は致し方ないにしても、これも、実は二十代から現われる老化現象の一つである。

一生涯、身だしなみに気をつけること。

年を信じられないくらい若い老女がいた。派手な和服を着ても少しも不似合いでないし、私などは不老の霊薬をひそかに飲んでいるのではないかと信じたくなるくらいだった。

彼女が、米粒《こめつぶ》というものをほとんど口にしないのだということは、彼女自身の口から聞いた。なるほどご飯を食べなければ太らず、こういうほっそりした姿を保っていられるのかな、と私は考えたが、私は米粒というものがまた、大好きだから、その美容のヒケツさえも守れそうになかった。

ところが、彼女とたまたま温泉に行ったことのある私の友人が、私に教えてくれたのである。それは、その美しい老女が、お化粧に、毎日、一時間近くかけているということだった。

「なるほど」

と私は納得した。やはり一つの結果を得るためには、それだけの努力がいるのである。

娘時代から、長い間、鏡台というものを持たなかった私は（つまり中年になって、視力の変化があるまで腰かけて化粧したことのなかった私などには）とうてい、まねのできないことであった。

年をとって素顔の美しい人もある。それが最高のものであろう。

しかし年とって化粧するのはグロテスクだ、などとは言うまい。化粧の下手《へた》なのは年齢を問わずにいやらしいが、どちらかというと、年をとって手を加えない醜さのほうが多い。

年寄りになったら、身なりなどどうでもいいようなものであるが、服装をくずし始めると、心の中まで、だらだらしても許されるような気になるものである。比較的若いうちから、女は靴下をきちんとはき、下着も略式にせず、外出の時にはアクセサリーその他を揃《そろ》えることを当然とする癖をつけておくことである。和服を着ている人なら、襟《えり》もきちっとそろえ、裾《すそ》も乱れぬようにし、帯を低めに締めて、真白い足袋《たび》をはき、背を伸ばしていたい。だらしない服装をすれば、楽かというと必ずしもそうではないのである。くずすほうは、ほっておいても自然にくずれる。体力がなくなり健康が悪くなれば、誰に言われなくてもくずれてしまう。それ以前は、できるだけ自分を厳しく律する方向へ向けておくことは悪くないであろう。

メモ

自分が容貌の衰えを気にするほど、他人はそのことを気にしていない。

若い時、美人だったという人に多いようだが、更年期を過ぎて美貌の衰えを感じると、急に気落ちしてしまう人がある。よく四十を過ぎたら、自分の顔に責任を持たねばならない、というのがあるが、私はあの説に反対である。人間は自分の顔にほとんど責任を持たなくていい。もちろん憎しみや羨《うらや》みの感情は人をとげとげしくするから、それがなくなると人間は和《なご》んだ表情を見せるようになる。しかし人間は一時期、とげとげしくならねばならぬ時もあり、すさんだ表情にならざるを得ない状態にも追いこまれる。人間の顔は美しくてもみごとだが、醜くてもみごとである。しかし、そういうふうに、一つの境地に到達すると、多分、人はいい顔を見せるようになるはずである。

何よりも確実なことは、人は他人の顔を、その当人ほど気にしていない、ということである。また客観的に見れば、女優さんのような人は別として、人は当人が思っているほど若い時に美しかったわけでもなく、現在が醜悪なわけでもない。あまり見苦しいと思う人は美容整形の手術など受けてもいいと思うが、つまりそれはその人を根本的には変えないのである。

メモ

身のまわりのこまごまとしたものを、浪費にならぬ程度に、常に新品と取り替《か》えること。

いわゆるむさくるしい、とか、じじむさいとかいう表現は、老人自身の心身の状態とは別に、身のまわりに変化が少なくなって、停滞した感じを持つようになった時に使われるのである。

老人になると、着るものも、減らない。汚れも少ないから洗濯もあまりしなくていいようになる。また、社会生活から奥へひっこむために、貰いものも減り、客のために家の中をきれいにするという必要も少なくなる。すると、まわりにあるものは、すべて古色蒼然《そうぜん》としたものばかりになる。

あと半世紀も生きるものじゃない、今あるだけでたくさんという気もわかるし、いつまで生きるかわからないのだから金は使えない、という論理もわかるが、小さなものを、ちょっとずつ新調することを自分に義務づけたいと思う。

タオルの美しいものを身近におきたがるおばあさんは、どこか生活がほんのりとしている。ハブラシ、座布団カバー、枕カバー、スリッパ、灰皿、櫛《くし》などというものは、それほど高価なものでもない。少し贅沢《ぜいたく》でも、新しいものを入れると、同じ部屋でも気分が変わって来たように感じられることがある。

メモ

よく捨てること。
古紙、古箱など、年をとるに従って溜《た》めこむ傾向にある。

人間の体の細胞もそうらしいが、古いものは新しいものに変わるべきなのである。ことに人間が美的に整然と活動的であるには、まず単純な生活から始めねばならない。ところが、これがなかなかむずかしいのである。

だらしのない人間の部屋は、決して何もない、という感じにならない。あらゆる不用なものが、生活の空間を占領していて、もっと積極的に使えるはずの場所をふさいでいる。

人間は捨てることのほうに勇気がいるのであろう。

一年経っても一度も使わなかったものは、いらないとみて始末することを、私は教えられた。ところが捨てる行為そのものがめんどうなので、あらゆるものをそのままにしておきかねない。

狭いアパートに、若い世代と同居していて、自分の所有するあらゆる使わないものを、がっちりと押入れに入れてとっておいているので、困りものにされている老人はひどく多い。一度何もかも捨ててしまったらどうか。

物を捨てると、新しい空気の量が家の中に多くなる。それが人間を若返らせる。

ことにまだ日本が貧しかった時代に若壮年時代を送った人々は、勿体《もったい》ない、いつかいる時があるだろう、と思って、包紙、ビン、箱などを溜《た》めておく。一つには捨てるという操作は、とっておくより大変なので、自然にそうなるのだが、家中に何年間も溜めたそれらの古物を始末するのに莫大《ばくだい》なお金がかかったという話をよく聞く。

一般に、品物は一つ買ったら一つ捨てるべきであろう。一つとっておいたら、古いものを一つ捨てねばならない。限られた面積に住む庶民生活の、それが道理である。

メモ

死ぬまでに、ものを減らして死ぬこと。

これもかなりむずかしいことだが、死後、親の着物を何十枚と残されて困っている子供も結構いる。昔の人と違って、今の人たちはよそ行きにでも、着付けにお金のかかる着物などあまり着ないからである。

日記、写真など、子供がぜひ残してくれ、と言わない限り、老人と呼ばれるようになったら、少しずつ始末して死ぬことだ。ただこれが、私にはなかなかむずかしい。

衣服はもうあまり買わないようにしようと思うし、食器なども、客用のいいものをどんどん使って楽しく食事をして、もうこれ以上数を増やさないようにしようと思うのだが、旅に出てきれいなものを見るとつい欲しくなる。こういう煩悩《ぼんのう》は切り捨てるべきだということはわかり切っているのだが、あんまり禁欲的になると生きる意欲が削《そ》がれる場合もある。

ただ全体の方向としては、減らす方向に行くべきだ、ということだけは、心に銘《めい》じておいたほうがいい。

これは私の全く個人的な目標なのだが、私は自分の写真を残すとしたら五十枚だけにしたい、と思っている。もうすでにかなりの量を焼いた。私から見て叔父叔母は懐かしい人たちだが、その人たちの結婚式の写真なども焼いた。私の子供の時代になったら、もう会ったこともない人たちのことは——ほとんど興味を持たなくてもしかたがない、と私は思っている。

その点私の母は、みごとな始末の仕方をしてこの世を去ったと思う。

もう体が不自由になって、外出もできなくなったと自分で思ったのだろうか、彼女は、死の数年前に、着物から新しい草履《ぞうり》、ハンドバッグ、ちょっとした指輪まで、全部ほしいという人にあげてしまっていた。草履は二足だけ、病院へ行く時用に残した。着物は、自分で縫ったウールの楽な外出着が数枚だけ。まともな着物は二枚しか残っていなかった。この二枚は、私が母のために沖縄から買って来た琉球紬《りゅうきゅうつむぎ》で、「これは、私が後で着るんだから、人にあげちゃだめよ」と言って母に渡したものだった。母はその約束をちゃんと覚えていて、後で背の高い私でも充分に着られるような丈《たけ》になるように裁《た》って、一応自分の着物にしていたが、ついに袖を通すことはなかった。

母は六畳にキッチンとバス・トイレがついた部屋にいたのだが、遺品を始末するのは半日だけしかかからなかった。使わなかった紙おむつ、車椅子、などもすべて寄付した。後には、ただ爽やかな日差しだけが空っぽになった部屋に残っていた。

おかしな言い方だが、母が亡くなった時、僅《わず》かばかり持っていたへそくりもちょうど尽きかけた時だった。母が一文なしになっても、私は母の生活を見て、お小遣いを用意することくらいはできたと思うのだが、母はその直前に死んだ。八十三歳だった。

財産でさえうっかり残すと、後に残された遺族は手数がかかる。何も残さないのが、最大の子供孝行だと私は感じている。

メモ

何でもほしがらないこと。いらないものまで取り込むことは、老化の一つの徴候である。

「もらうものなら夏でも小袖《こそで》」という言葉は私も大好きで、ひとが何かあげようか、と言ってくれる時には必ず呟《つぶや》くようにしている。亡《な》くなられた深沢七郎《ふかざわしちろう》さんは「もらうものなら夏でもお小袖」とおの字をつけて言っていらっしゃった。このほうがもっと庶民感覚がいきいきしている。

しかし本当は、社会がくれるものなら（制度としてでも）何でももらっておこうというのは、いかなる高齢者といえども乞食根性になっている証拠である。

払える人は、何歳になっても、時の政府がどんなにダラクしていても、自らの尊厳のために、自分にかかる費用は払うべきだし、与えられる特権も辞退すべきである。タダのパスなら使わねば損、老人医療は安いのだから、すぐ病院へ行く、という心の姿勢はそれだけで老人くさい。

それは単に生き方の美学に終わるのではない。自分のことは自分でできることがしあわせだと思う人は、幾つになっても若く、そのことがまた更に、その人の将来の若さを支えるのである。

実際に、老人の間で常に問題になるのは、自分の持っている金をどのようなテンポで使っていったらいいか、ということである。早く死ぬつもりが、長く生きすぎて一文なしになって余生を送らねばならぬと困る、という口実のもとに、爪《つめ》に火をともすようにして、倹約して暮らし、ついに自分の貯《たくわ》えた金の恩恵をまったくこうむらずに、何もしてくれなかった甥《おい》や姪《めい》に残して死んでいく老人がいかに多いことか。それは滑稽《こっけい》である。

九十まで生きるつもりで、それで使いきるように計算をして、あとは、私の知ったことではない。それだけ生きれば、あとは道へほっぽり出されてもいいではないか。

メモ

何かを言い残して死のう、などと思わないこと。

よく日記を残したり、遺書にくどくどと感情的なことを書き残す人がいる。経済的な配慮に関しては、事務的に処理するのもいいが、ほかのことは何も言わずに死ぬほうが美しいように思う。

私の知人に、長い、恐らくは恨みつらみを書き連ねた日記を残した人がいた。その家族はその人の死の時、その日記をお棺に入れてあげた。というべきか、読まずに焼いてしまった、と書くべきか、私はよくわからない。

老人が、自分はこんなに棄てておかれたと書き残したとして、それを死後残された家族が読んで、そんなものが果たして楽しいだろうか。棄てておいた家族がそのことで「改心」したりすることはまずない、と私は思う。

年寄りを棄てておいて平気だったような家族は、年寄りに関して自分たちが少しでも不愉快になるようなことには、決して目を向けない習性がある。当然、改心したりもしないものなのである。だから、何も言わないほうがいい。つまり愚かな者とは関わりなく暮らすほうがいい、という意味で、何も言わず、何も書き残さないほうがいい。

考えようによっては、日記を読まずに焼いてしまった家族のほうが、賢かった、というか、礼儀を知っていたということになる。もし、そこに恨みつらみが書いてあるのを読んだら、遺族は死後、さらに死んだ老人を（理屈のいかんにかかわらず）嫌悪するようになるだろう。そのような憎しみに触れなかった分だけ、彼らは死者を時間とともに穏やかな感じで思い出すようになる。だから、本当は、何も書かないほうがいい。

こういう場合、もし信仰があれば、それは大きな心の支えになる。自分がどれほど正しかったか、いい加減な人間であったかは、神が正確に判断してくださるものなのだ。その評価だけが絶対なのだから、子供の感覚や世評のために演技をすることもないし、相手に「それはあなたの誤解です」と言いに行く必要もない。神がない人は世間を納得させ、世評を勝ち取らねばならない。その分だけ、辛いだろう、と思うことがある。

草木の世話ばかりしていると早く惚《ぼ》ける。読書、勉強、人間の心を掴《つか》むことのほうが、ずっと激しい精神の操作を必要とする。

老人が草木の世話をすることは、確かに望ましいことではある。

しかし、草木は、黙って育つか黙って枯れるかするので、本質的には、それほどきびしい精神的な働きを必要としない。

そこへいくと、人間の心を把握することのむずかしさは比べものにならない。人間は決して単純ではない。嘘もつけば、矛盾するさまざまの要素を同時に心の中に持っている。しかもその心理は外界に影響を受け、変化する。一筋縄《ひとすじなわ》ではいかない。

草木を友とする生活が、常に大地の上を歩いているようなものだとすれば、人間の心を相手にした仕事は、遊動円木の上を渡るようなものである。遊動円木は、機敏な心理的反応や、丈夫な足腰、柔軟な関節がないと渡れるものではない。

草木の相手をするのが悪いのではないが、それは一つの楽な生き方だということを自覚していなければならない。生きるとは、人間たちの只中にあって、苦しみながら生きることである。

引退した今、会社にも、組合にも、役所にも、どこにも影響力を持っているわけではない。だから、今さら、哲学の本を読んだって、世界情勢を知ったって、源氏物語やシェークスピアを読破したって、どういうことがあるのだ、という人がいるが、私は全くそう思わない。

それは自分でおもしろがるためである。酒を飲むのに、いちいち会社や組合や役所のことなど考えないのと、同じことだ。

私は今でも、死ぬまでにシェークスピアを全巻読み尽くして死にたいと思っている。何歳で成就《じょうじゅ》するかわからないが、死ぬまでかかればいいのだから、楽しい限りである。

まだ若い、挫折を知らなかった年には、シェークスピアの作品の中のなにげない言葉の端々に含まれる味など、わからなくて当然である。このおもしろさがわかるのは、老年の特権だ。

そういえば、すべての文学を理解するという能力は、青年のものではなく、老年のものかもしれない。特別な若者向きの作品の中には、若者しかおもしろがれないものもあるが、それ以外の文学は、すべての年代を知って来た老年のものなのである。

寿命という言葉は、ギリシア語で「ヘリキア」という。ギリシア語のすべてが、息を飲むほどの深い蘊蓄《うんちく》を示しているが、このヘリキアもその一つだと言っていいだろう。

ヘリキアは寿命、その職業に適した年齢、身長、という三つの意味を持つ。新約聖書の「マタイによる福音書」6章27節に「あなたがたのうち、だれが思い煩《わずら》ったからといって、寿命を一刻でも延ばすことができるだろうか」という有名な個所があるが、この部分に「身長を一尺でものばすことができるだろうか」とも訳せる、という注釈がついているのは、ギリシア語の言葉のせいである。

人間はヘリキアという語のもつ三つの要素を、人力ではほとんど決定的に動かすことができない。

寿命はもちろんである。十代や二十代は、まだ永遠に死なないような気持ちを持てる年だが、それでも時々、少年も青年も早すぎる死を迎える。

その職業に適した年齢、という概念も厳しいものだ。野球選手にも、オペラ歌手にも、最盛期とその前後に、おおよそ働ける年齢というものがある。努力や素質で数年は延ばすことが可能だが、五十歳の大リーガーも、六十歳の世界的なコロラチュラル・ソプラノの歌手もいないのである。

また、人は、自分の背丈がもう少し高かったらもてたのに、とか、もう少し小柄だったら可愛く見えたのに、とか言って悔《く》やんでいる。しかし自分の身長を、一センチ延ばすことも縮めることも、できないのである。

その仕事に適した年齢を考えると、老年に有利というものがあるのである。読書や、哲学をすることのヘリキアは、老年にある。人の心を摑《つか》むことも、まさにそうである。

しかし語学はどうだろうか。言葉を覚えるという能力は、満九歳から十三歳くらいまでが最も学ぶのに適しているという研究の結果がある。だから、たとえば、九十になって、ロシア語を学び出す、ということは、あまり能率のいいことではないだろう。しかし「それが楽しければ」何歳になって何を学び出してもいいのである。

ただここでも苦言を呈することになるが、勉強を始めたりするとまだ続くか続かないかわからないうちにすぐ投書などして「自分はこういう勉強を始めた」という宣伝をする老人がいるが、これは私からみると、いささか幼稚に思えてならない。勉強というものは、黙って始めて、黙って続け、ある日、零《こぼ》れるようにその成果が出て来るべきものである。幼稚ということは、何より老年にふさわしくない。幼稚になることはやはり老化の兆《きざ》しである。

メモ

ある政治家が亡《な》くなった時、総理になれなかったことを残念に思っていた、という噂が流れた。社長、芸術家、登山家、スポーツ選手、なんでもいい、何かになり損《そこ》ねた過去があっても、残念だった、などと言わないほうがいい。なぜなら、周囲は「あの人はとうていその器《うつわ》ではなかった」と思っているかもしれないからである。

アフリカをかなりよく知るようになってから、私は、人間の一生に与えられるものに関して、ずいぶん謙虚になってしまった。

一生の間に、ともかくも雨露を凌《しの》ぐ家に住め、毎日食べるものがあった、という生活をできたのなら、その人の人生は基本的に「成功」だったのである。

もしその家が清潔で、風呂やトイレがあり、一応、健康を害するほどの暑さや寒さからも守られており、毎日乾いた布団に寝られて、ボロでもない衣服を身につけて暮らすことができ、毎日、おいしいと思う栄養のバランスのとれた食事を食べ、戦乱に巻き込まれず、病気の時には医療を受けられるような生活ができたなら、その人の人生は地球レベルでも「かなり幸運」だったのである。

もしその人が、自分の好きな勉強をし、社会の一部に組み込まれて働き、愛も知り、人生の一部を選ぶことができ、自由に旅行し、好きな読書をし、趣味に生きる面も許され、家族や友だちから信頼や尊敬や好意を受けたなら、もうそれだけで、その人の人生は文句なく「大成功」だったのである。

こういう計算のできない年寄りは、何のために年をとって来たのだ、と言われても仕方がないだろう。

メモ

友だちが死んでいってもけろりとしていること。
淋しいなどと言うと、まわりの者が気をつかう。

人にもよるが、友人の死に対しては、意外とショックを受けないように見える年寄りも多い。若い者から見ると、友人が死ぬということは、心の流露《りゅうろ》を受けとめる相手がなくなることで、どんなにか辛いだろう、と思うのだが、老化は、その淋しさをもあまり感じなくてすむようにしてくれるのかもしれない。
友人に先立たれる場合のことは（夫に先立たれることと同様）、常に事前に、繰り返し繰り返し予想することが大切である。そうすると、やって来た運命に対して、心構えができている。いよいよ別れるのだ、と嘆くよりも、何十年か楽しくつき合ってもらって、ありがたかった、と感謝すればいいのである。

自分が体力、気力のある老人であっても威張らないこと。体力、気力のない仲間に手を貸せることを幸運と思うだけで充分である。

人間がそれぞれに与えられている能力ほど違うものはない。体力や気力をしっかりと持っている人は、自ら鍛えたのでもあろうが、もとはと言えば、鍛錬に耐えることのできる性格や体質を与えられたのである。すべて自分の力でそうなったのではないから、思い上がりたくはないと思う。

夫婦などで、一方が元気で他方が弱っている場合など、愛し合い労《いたわ》り合える仲ならばいいが、弱い相手に関する同情を欠く場合がある。早く歩け、とか、こんなものも持てないのかとか、女房が病気ばかりしているおかげで私は何もできませんで、とか嫌味のような言い方をしてみせる夫に会ったことがある。

「あなたが、もっと勇気を出さないから体がダメなのよ」とか、「あの人、怠けてるから旅行にも行けないんだわ」という形の同年輩者に対する非難も控《ひか》えなければならない。もちろん、気弱さ、苦しみに耐える力のないことなどから、年不相応に弱っている老人も多いが、それを道徳的な欠陥と断定する権利は誰にもないはずである。
直接非難の形をとらなくても、一方的に、自分の体力や気力を標準にして、自分もこれくらいのことができるのだから、相手にもできそうなものだ、と思い込む人がいる。ことに高齢になると、意気昂揚《こうよう》している人はますます昂揚し、気持ちの沈む人は人一倍沈むものである。その差の開き方がはげしいから、くれぐれも、自分の体力、気力を物差《ものさし》にして、他人の生き方をきめつけることは避けねばならない。

メモ

老人同士かたまって行動する時、慎《つつ》しみ深くすること。お揃《そろ》いのものを着ないこと。

この頃、よく元気なグループが、数人から数十人かたまって旅行しているのに出会うことがある。すると中には、目にあまる行動をとる人々がいる。

降りる人も待たずに、電車の入口に突進し、自分たちは高齢であるがゆえに座席を譲られるのが当たり前という顔をし、耳が遠いのだろうが大声で話をしてはばからない。

六十年も七十年も生きて来ているのに、旅行をする時、自分の好みや健康状態（暑さ寒さの受けとめ方は各人違うはずだから）によって自分らしい衣服の選び方もできないで、制服のように他人と同じものを着る。

何のために、年齢を経て来たのかと思う。電車の中で騒ぐことは、小学生にも許されない。と同時に高齢者にも決して許されてはいないのである。公害ではなく老害などという言葉を若い世代に作られないようにしなければならない。

昔話はほどほどに……。

ほどほどというのは、まことにむずかしいものだが、まったく昔話をしない老人というのもまた、老人らしくない。私は昔から、老人の話をきくのがそれほど嫌《きら》いではなかった。

同じ話を繰り返しそうな危険のある時には、

「この前、あなたに会ったのは、いつだったっけ」

と聞き、この前から今までにあったことだけしゃべるのもコツである。もっとも、この前と今日までの間に何があったか忘れるということも、大いにありうるから、このコントロールは実にむずかしいものである。

それを恐れる場合は、会話は主に若い人にしゃべらせるといい。若者は時々、年寄りをおどしたり、だましたり、バカにしたりするが、悪意ではないのだから、だまされ、バカにされてやらねばならない。

女の場合、『昔は美人だった』、男の場合、『昔はもてたもんだ』という話は、よほど、皆の笑いものにうまくなれる場合を除いては、しないほうが無難である。

あんな賢《かしこ》い人が、と思うような人でも、昔は美人だった、と言うのが好きなので驚くことがある。しかし、現実にそこにいるのは、たるんだ皮膚の老人なのである。しかし、うまく行けば若くないことで、相手をリラックスさせ、ユーモラスな気分を作ることができる。そちらのほうの名手になることである。

メモ

慌《あわ》てないこと。急がないこと。駆けないこと。

もはや、急ぎ足に何かをする時ではない。

急ぐことは、老齢に何のいい結果ももたらさない。残り時間は少ないのだが、人生のレールは敷かれているのだから、ゆっくり、怠けず続けるだけで充分である。

老人のあらゆる心身の事故は急ぐことから起きる。眠れない時すら、急いで眠る必要はない。急いで眠ろうとして睡眠薬を飲めば、運動神経のマヒが足に来る。足がもつれれば、転んで骨折する。

ここまで来て何を急ぐのか。老人が約束の時間に多少おくれたからといって文句を言う人はあまりいないであろう。

電車が来ているからといって駆け出してはいけない。電車は必ず次に来るのに乗ればいいのである。一電車待つことによって、その間に世間を、若い娘を、おもしろい風俗を、その他あらゆるものを見ることができる。急ぐより待つほうがいい。

若い時こそ、急がねばならなかった。先があるからといってテレビばかり見ていたら、どちらへ歩いて行くのか方向さえ決められないのが青春というものである。

しかし老年は違う。老年は一歩一歩、歩きながら味わうことのできる年なのである。その意味では、誰もが芸術家である。老人になって俳句や和歌を作り始める人が多いのは、そのせいなのである。

急ぐことはない。ゆっくりと遅いほどいい。

しかし、それ以前、四十代から五十代は、人間は急がねばならない。その間になすべきことをしておかないと、もう肉体がついていけなくなる。四十になって、なにか打ちこむものを持たぬ人は、人生を半分失敗しかかっている。しかしまだすぐ思いたって始めれば、時間は充分にある。ゆっくりした老年に入る前には、充実したきびきびした壮年時代が必要である。

メモ

外へ出たら緊張していること、しかし心のどこかでへまをしても何とかなる、と思っていること。

老化の一つの特徴は、外界がなくなることである。つまり外界を受けとめられないか、あるいは自分のことに手いっぱいで人のことを全く思わないか、どちらかである。

しかし鍵をかけた自室に一人でいるのでないかぎり、私たちは外界と常に接触して生きている。外界を持つとは、お互いが眺められている存在であることをいう。

それゆえ、そこへ出て行くには努力と緊張がいる。外へ出れば、物を買うにも、乗りものに乗るにも、新しいシステムが入りこむ。「私は何もわかりませんから、どうぞよろしく」などと言って人に任せてはいけない。

自然動物園というものは、南アフリカ共和国の動物保護区のように、東西南北に数十キロから数百キロもあるような大きなものもあるし、日本のあちこちで見られるサファリ・パークとか自然動物園とか言われるもので、見物の人間が檻《おり》のような車に乗って動物の間を見て廻る形式のものもある。

どちらもそこに貫かれている思想は、動物をできるだけ、自然に近い環境に置く、ということだ。動物保護区なら、餌もやらない。動物たちは自分で適当に餌になる小型の動物を倒すか、好物の植物を探して生き延びている。自然の生態系には人間があまり手出ししないということだ。

これが小さなサファリ・パークや自然動物園になると、どうしても餌は人間が与えるしかない。これは、動物にとっては楽でいいようだが、もっとも基本的な不自然を与えていることになるらしい。

人間にとっても動物にとっても、生きるということは、水や餌だけではないのである。危険や不安の存在が必要な緊張を生み、それが人間をも含むすべての動物の生理にいい効果を生むらしい。

歴代の総理や政府が、「安心して暮らせる社会を作りたい」などというたわごとに近い無責任なことを言い、それをまたいい年をした大人や老人が歓迎するという図式が繰り返されるが、安心できる社会などというものがこの世に出現することだけは決してない、ということくらいは覚えておいたほうがいいし、またもし仮にそういう社会が現実にできたとしたら、それは年寄りを殺すための陰謀だと思ったほうがいいくらいなのである。いささかの緊張もないところには、健《すこ》やかな生活というものもないだろう。

孫が幼《おさな》かった頃、こちらが檻に入ってライオンを眺める動物公園に行った。すると檻自動車のドライバーが、道に寝ころがっているライオンめがけて、わざと車を突進させた。

後で聞いたのだが、飼われているライオンには、食べ物がない不安も、他の群との相剋《そうこく》もない。その面では、極度に緊張とストレスが減った状態なのだという。緊張の減少は、不健康に繋《つな》がる。だから時々、こうして、わざと人為的な危険を与えている、ということだった。人間も同じだろう。

「でもライオンは決して轢《ひ》かれたりはしませんからね」

孫は大きく頷《うなず》いていた。

メモ

若いうちから、よく歩けるように、脚《あし》を鍛えておくこと。背筋《せすじ》をせいいっぱい伸ばすこと。

歩くということは、ただ単に、一つの地点から一つの地点へ移動できるという能力以上に重大な意味を持っている。

歩くということは、第一に健康にいいのだが、それ以上に、歩けるということは、人並みだということの最低の保証である。

歩くことによって人間は、自分が入って行ける世界を拡大することができる。新しいものが見られ、珍しい体験をでき、知らない人と親しくなれる。これが続くかぎり、人間は孤立することがない。

何か一朝事《いっちょうこと》あるときには、身一つでどこまでも時間をかけて歩いて行けばいいのだ、と思える人は、この世に恐怖感を持つことが少ない。恐怖感を持たないですむということは、心理的に防御一辺倒のエゴイズムに陥《おちい》らずにすむ。ここが重大なところである。

若いうちからタクシーばかり乗りたがる人がいるが、老後のことを思えば、それは不養生をしていることである。またすでに老年にさしかかっている人は、今からでも脚を鍛え始めなければならない。事実、やろうと思えばかなり運動不自由な人でも、できるのである。逆に車嫌いで、車に酔いやすい人は、若いうちから一つの鍛練と思って車酔いをなおしておくことである。薬もあるし、スルメイカをしゃぶっていればいいという式のなおし方もあるようである（私は車に酔わないのでこの手の療法のどれが有効かわからない）。年とって体が不自由になっても、自転車に乗れれば、知らない町を見に行くチャンスもふえるであろう。心身ともに動き廻ることの可能な鍛練をしておきたい。

私の好きなギリシア語の解釈をもう一度借りて来ると、「歩く」という言葉は「ペリパテーオー」と言い、それは「歩き廻る」ということでもあれば、「その人らしく振る舞う」という意味でもあり、なにより「生活すること」を指《さ》している。つまり、歩けない人は、その人らしく振る舞うことも、生活することもできない、とギリシア人は考えていたのである。

しかしこれも原則である。人間には、願っても常にそうなることはできない、という部分がある。だから歩けない人には、労りをもち、自分が歩いて見て来た世界をいつも分かち合うようにすべきなのである。

私は医者ではないから医学的な説明を加えることはできないが、背筋をまっすぐ伸ばしていることは骨の変型を防ぎ、内臓の働きを正常にするうえで、大切なものであろうと思われる。四十を過ぎたら、時々、鏡の前で、自分の姿勢を点検すべきである。

メモ

運動の必要性は信じられないくらいである。老人は大体においてヒマなのだから、毎日、適当な運動を日課とすること。

老年（四十を過ぎれば老年は始まる）の悲しさは、若い時にはほうりっ放しでもよかった体の維持に、手数のかかることである。ことに老年は、体の各部がちぢこむ方向に退化する。だから背も、首も、手指も、すべて伸ばす方向にトレーニングをするだけでもずいぶん違うと思う。

私自身、スポーツはむしろ不得意なほうだった。そしてもっと本音《ほんね》を吐けば、若い時はスポーツ好きの人を軽蔑《けいべつ》していた。しかし、私は年をとってからは、自分は軽蔑されるほうに廻らねばならないと思っている。年より若々しく見えたいためではない。知人に、一日一回、脈搏《みゃくはく》を百二十くらいまで上げることによって、心臓の機能低下を防ぎ、かつ体のすみずみにまで酸素を送ることができる、と主張し、実行している科学者がいるが、頭をぼけさせず、かつ肉体的に他人に厄介にならぬためには、つね日ごろ家具や靴や機械類の手入れを怠らないように、体の手入れもしておかなければならない。毎日同じことを、おもしろくなくても続ける根《こん》が大切である。やがて、それが爽《さわ》やかに感じられるようになることも、本当である。

✎メモ

電話番号簿を引く、郵便を出す、電報を打つ、住所録を引く、などの日常生活に必要な事務は、最後まで自分でやろうと試みなければいけない。

老人にこれらのことを、素早く、要領よくやれ、と言ってもムリである。しかしゆっくり時間をかけて、虫眼鏡その他を使い、これらのことは自分でするだけの決意がなければいけない。

「電報を打たせておきましょう」「手紙出させておこう」という老人があるが、こういうことこそ、頭と体のいいトレーニングである。他人にさせていると、しまいには、そのようなことは自分にはまったくできないものだ、と思い込むようになり、依頼心がいよいよ強く、しかも自分は、することがなくて退屈に苦しむようになる。

できれば、税金の申告その他もやったほうがいいが、時々、若い者にチェックしてもらい、計算にまちがいがないか検閲を受ければいい。

若い世代の足手まといになるような所に、同行したがってはいけない。

高齢者の行動には、若い人にはない特徴がある。若者はゆっくりすることができないが、老人は緩《ゆる》やかな行動をとることがうまい。

根本的に老人には、老人に適した生活方式と行動のパターンがある。だから、若い人に同行したがることは自戒して、楽しみは自分のテンポで考えたほうがいいと思う。

ことに団体行動をとる時にはよほど注意しなければならない。体力、気力ともに、自信のある人は別として、旅行は誰かに合わせるということだけで、一つの仕事になるからだ。

老人が、若い人の行動の妨げになるいくつかの理由には、次のようなことがあげられる。

階段の上り下りがむずかしい。荷物が持てない。お手洗いが近い。病気になりやすい。

そのどれもが、自分のテンポで動けば決して重大な支障にはならないのだが、他人に合わせようとすると、疲労の種になったり、転んだり、若い人にお荷物だという思いを味わわせたりする。子供が大人の遊びに加わることも不自然なら、大人が子供のつきあいに口を出すこともいやらしい。老人においても同様のけじめは、当然あってしかるべきである。

私は、車椅子の人たちや、眼の不自由な人たちと、何度もかなり過酷な外国旅行に出たことがあるが、そういう旅に高齢者が加わっても、少しも迷惑にならない。二週間以上の中近東ヨーロッパの旅に、八十歳以上の人たちと同行したことは何度もある。眼の不自由な若者で体力のある人はいくらでもいたが、行動が幾分ゆっくり目であるという点で、これらの人たちはお互いに趣味が合っていたのである。しかも老人が加わることは、子供が加わることと同じくらい、優しい気分をグループに与えたのである。

こういう外出や旅行の仕方もある、ということだ。

メモ

風雨を恐れぬこと。雨が降ったら予定をとりやめる、というような気分にならぬこと。

とは言うものの、老人は足許《あしもと》が危ないから、もちろん強風の日や、豪雨の時には、よほどの理由がない限り、外出すべきではない。

しかし、私は老人が、自然に消極的になるにまかせていてはいけないように思う。雨降りが外出をとりやめる言い訳になりだすと、あらゆることが、何かをしない理由になる。そうすると、いつのまにか、ただ生きながら座敷牢に坐っているだけのような生活になってしまう。

雨にあって困ったり、風に吹かれて飛ばされそうになることは、若い者にとって必要であると同じくらい、老人にとってもある程度は必要な刺激だと思う。

恐れすぎぬことである。

大いに旅に出たらいい。いつ旅先で死んでもいい、自由な年齢になったのだから。その特権を享受《きようじゆ》しなければならない。

若いうちこそ、旅先で不慮の死を遂げることを恐れる。夫がおり、両親がおり、子供がいる。死ぬことも遠慮しなければならなかった。しかし、寿命に近くなって、どうして怖《こわ》がることがあろう。もちろん、我々が恐れるのは死ではなく、それ以前の状態である。旅先で動けなくなったら、苦痛がひどくなったら、ということを恐れるのである。

どこで死んでも同じである。故郷で死ねば何かいいことがあるというわけではない。地球は丸くつながっている。ヒンドゥー教徒の葬式は火葬にして、その灰を河に流すのだが、それで死者は、自分の生まれた大地に還《かえ》るのである。

外国で死んだから金がかかるといって心配する人がいる。今日の状態では、それも準備しておけば簡単である。自筆の火葬承諾書を携行すればいい。そうすれば、どこの国でも、お骨《こつ》にしてくれる。お骨なら運賃もさしてかからない。航空会社が、安い値段で、小さな箱詰めにして日本に連れ帰ってくれる。

引っ越し、大掃除、その他生活に変調がある時は、老人は手伝ったりしようなどとせず、その騒ぎを避けて、避難したほうがいい。

生活の大きな変調くらい、老人を疲れさせるものはない。そしてまた、そのような時に、老人くらい、荷厄介になる存在もない。皆が、心配して気を遣《つか》うからである。若者は、少々眠らなくても、食べなくても体はもつ。しかし老人が眠らなかったり、食事を抜いたりすることは、体によくない。すると、忙しいさなかに、老人用の配慮を若い者にさせることになる。

うっかり手伝って、あとで疲れて病気になったり、筋肉痛を起こしたりしても困る。ひとしきり騒ぎがおちついたところで帰って来て、若者たちの労をねぎらい、私は楽をさせてもらったよ、と感謝しているほうが、摩擦の種を起こさなくてすむ。

冠婚葬祭、病気見舞などに行くことは、楽しみならいいが、そうでなければ一定の時期から欠礼すること。

櫻《さくら》の頃、秋の爽やかな日にお葬式が出るということはめったにない。私の感覚では、お葬式というのは、夏のとてつもなく暑い日か、背筋も凍《こご》えそうな冬の日に多い。それは別れがそのように辛く思われるからだろうが、高齢者はそのような催しにでかけて、それから病気になることがよくある。どうしても孫の結婚式に出たい、というのは常に心に張りを与えるものだが、正装してでかけることが義務に思われるところには行かないほうがいい。

大切なのは、死者、結婚する人、病人のために心から祈ることである。それはどこにいてもできる。心は愛する人とどこにいても一致できるのである。

夕方には早めに灯《ひ》をつけること。

小さなことである。しかし、人間の精神は些細《ささい》なことに影響を受けやすい。電燈料が勿《もっ》体《たい》ないからと言って、あるいは電燈をつけてもどうせ本を読むのではないから、と言って、灯《ひ》をつけなかったらどうなるだろう。暗闇《くらやみ》の中にいれば、着物もボロでいい。髪をくしけずらなくても誰に見られることもない。それはもう精神の死である。

人間は、お互いの顔を見、その表情から内心を察し、小さな野菊一輪を生けて、その中に優しさを感じる。それらはみんなあかりのもとで行なわれるのであり、夜が来ても、そのような精神的な行為を続けるために灯をともすのである。

だから、夜は早めに、必要でも必要でなくても、人間がいるということの証《あかし》のために灯をつけなければならない。

早寝、早起きよりも、遅寝、遅起きの癖をつけたほうがいい。老人は、朝日よりも西陽《にしび》を大切にしたほうがいい。

私は小さい時から、早寝早起きであった。道徳的に早起きは三文《さんもん》の得と思っていたのではなく、生理的に朝のほうが頭がはっきりするのである。

しかし、朝六時に起きると、一日は実に長い。その割りに日中は雑音が多くて仕事が捗《はかど》らず、私は夜型の作家生活をしみじみ羨《うらや》んだものであった。しかし、朝、家族が必ず揃って朝食を食べる、という律儀《りちぎ》な、小市民的規律は、年をとっても守ったほうがいいだろう。

しかし、老人にとって、極度の早寝早起きは少なくとも精神的にはよくない。まだ皆が団欒《だんらん》をしている最中に席をはずし、テレビのおもしろい番組は眠くて見られないことになる。

しかも、朝は一人で早く目が覚《さ》める。私の家の前に、夫が朝、新聞を取りに行くと、黙って家出娘のように坐っているおばあさんがいたことがあった。きっと三時半か四時に目を覚ましてしまうので、皆が起き出す六時か七時まで退屈で家にいるにいられないのである。

朝の散歩が、そのおばあちゃんにとって健康上大変いいならかまわないが、家人にしてみれば、朝起きてみると、おばあさんのフトンがもぬけのカラという光景は、あまり感じよくないであろう。

それで、どちらかというと遅寝遅起き型に自分を持っていくほうが、老人はむなしさを感じなくてすむような気がする。テレビは深夜におもしろい映画を放映する。勝負ごとも、夜遅くにならなければ、通常、佳境に入らない。これらの楽しみに参加するさまたげになるのが、早寝早起きの癖である。

老人室を造ってもらえるような身分の老人はあまり多くないかもしれないが、もし年とってから、息子、娘の家で一室もらうことがあったら、老人はできるだけ、西陽の当たる部屋を造ってもらったほうがいい。

朝は大ていの年寄りにとって、それほど気分的に淋しくも辛《つら》くもないはずである。何かが始まろうとしている気配というものは、老年の気分とは逆なものだからである。しかし夕方は悲しい。精神的に欝《うつ》状態のある老人は、ことに夕方にその症状が激しく出てくる。

西陽は夏暑いとか言って嫌うが、暑さを呪《のろ》っているほうが、陽の差さない部屋に、一段と早く訪れた藍色《あいいろ》の夕暮れの中に、することもなく呆然と坐っているよりは、ずっと人間的である。

メモ

朝早く目覚《ざ》めることを嘆かないこと。その時間を読書のための時と思うこと。

朝早く目が覚《さ》めてしまうことを嘆く年寄りが、私にはわからない。眠くて眠くてどうしても目が覚めないという若い時代から比べたら、早朝から目覚めて、それでもう寝なくて済む老年は、何と自由ですばらしいことか。その時にこそ、若い時にはできなかった読書をしたらいい。

もし眼が悪いようだったら、最近では、テープ・サービスが整って来たから、それを大いに利用することである。その人の読みたい本の希望を伝えて、少し時間を待てば、注文テープもできる、などということは、昔は考えられないことであった。その幸せをフルに利用して感謝をすることだと思う。

町を愛すること。

なぜ老人ホームは町から遠く離れた、静かな景色のいい所に造るのだろう。一九九〇年代においてもまだ、老人ホームに関するイメージは、土地の値段が安いこともあって、そのような「隔離されたもの」である場合が多い。

しかし、隠遁《いんとん》の生活は決して、ある性格の高齢者にとってよくない。それは気持ちをしずんだものにし、鬱病的傾向を助長させる。できれば町の騒音の真只中にある老人ホームも必要である。

老人には強い刺激はいけないという意見が定説になっているようだが、刺激そのものがなくなることはもっといけない。町中《まちなか》にいさえすれば、老人にも働くチャンスはあるだろうし、第一、何らかの人間の気配《けはい》が、濃厚に立ちこめる中で暮らせるのである。

昔、ニューヨークの近くの遊園地へ行った時のことである。ローラーコースターがあった。少女たちが毎回、そのコースターに乗って怒濤《どとう》のように下って来る。コースターは上りより下りが怖《こわ》い。その下って来る娘たちの顔が最もよく見えるところにベンチがあった。

そこに年とった男たちが数人、腰を下ろしていた。彼らは、コースターに乗った白人や黒人の少女たちが、髪を風に吹きとばされたり、恐怖できゃあきゃあ叫んだりするのを、飽《あ》くこともなくじっと見ているのである。それに気がついて、私はしばらくその場から立ち去りかねた。

川端康成《かわばたやすなり》氏の「眠れる美女」の主人公のように、もはや性を失った老人が、秘密クラブに行って、若い娘の寝姿を見るというわけには一般の人間はいかない。私はそこに老人たちの、広い意味での性的な生活の一部をかいま見た思いがした。それでいいのだと思う。老人の性は、なまなましいものを失うが、その代わりに、再び詩をとり戻す。もっとも、老年（男）の性について語る資料を、私は何一つ持ち合わさない。

ポーランドの田舎町《いなかまち》でも、老人たちは鳩《はと》と一緒に、町中のバスの発着する広場に集まっていた。騒音に包まれ、その町では一番空気の汚い場所を好んでいた。

「隠遁の生活」風にみえるものを、本来の姿で愛せるのは、田舎の出身者だけである。それはしかし、古里《ふるさと》へ帰るだけで、隠遁ではない。彼らは、自然の中の生活というものが、どんなに厳しいかを、知っている。暑さ寒さ、風雪、農作業の苦しさ、生活の不便さ、そのようなものに立ち向かってこそ、田舎の生活にも前向きの意味がある。何にも立ち向かわずに、静かな自然の中におかれることは棄《す》てられるに等しい、と私は思う。
老人の多くは都会育ちだということに、まもなくなるであろう。彼らに必要なのは、きれいな空気よりも、おそらく人臭さであり、雑踏の気配そのものなのである。

メモ

3

死と馴《な》れ親《した》しむ

若いうちから、楽しかったことをよく記憶しておいて、これだけ、おもしろい人生を送ったのだから、もういつ死んでもいいと思うような心理的決済を常につけておく習慣をつけるといい。

私には何のいいこともなかった、と言う人もいるかもしれない。しかし、この世で、まったく何のいいこともなかったという人はまれなのである。

どのような境遇の中でも、心を開けば必ず何かしら感動することはある。それを丹念に拾い上げ、味わい、そして多くを望まなければ、これを味わっただけでまあ、生まれないよりはましだった、と思えるものである。

人は性格によって、引き算をするか、足し算をするか、それぞれの性癖があるらしい。

ある時、私の家に強盗が入ったことがあって、ナイフの切っ先を胸元から、三十センチぐらいの場所に突きつけられた時、私はわりと落ち着いていたのだった。それは、私の人間ができているからではなくて、私の物の考え方のパターンと関係があるのである。私は刃物を見た時、自分はすでに、もしかしたらもう殺されていたのだな、と一瞬考えたのであった。それはあらゆる意味で不法なことではあろうが、殺されてしまった以上仕方がない。ところが、現実の私は、まだ生きているのだし、もしかすると私は、生きられるチャンスがあるかもしれないのであった。私は、沖縄の戦争を取材した時、戦前の女学生たちが自決のための準備にいかに心を砕《くだ》いたかを知った。敵の手にかかって死ぬより自決すべきだというのが、当時の娘たちが教え込まれた考え方だったし、自殺をするなら、第四肋《ろっ》骨《こつ》間を刺せば即死できるというので、少女たちは痩《や》せ細った胸の上から、いつも肋骨《あばら》の数を教えて、万が一にもいざという時にまちがった所を刺さないように、訓練を繰り返していたというのだった。泥棒に胸を刺された場合、私は、凶器が骨にぶつかるのと、肉に刺さるのとそれぞれの確率は、ほぼ五〇パーセントだなと考えたのであった。たとえ骨にぶつからなくても、ナイフが、第四肋間に入って即死する確率は、さらに少なかった。そう考えてくると私は、意外と生きる確率のほうが多いのに、驚いたのであった。

私がこの話をすると、私の親しい友だちの一人が、私の判断はまちがっているといさめてくれた。なぜなら、死んだ、と思ってみれば、それよりましだ、などというのは、卑怯な考え方で、私はその時、やはり、私の生命を理由もなく侵《おか》しにきた相手に、前向きの怒りを感じるべきだというのであった。

それは確かにそのとおりであった。ただ私は、その時、そう考えるほうが楽だったのであろう。

もし、穏やかな満ち足りた生活を当然と考える人であれば、強盗は、許しがたい異変である。私が、満ち足りた状態を常態と見る癖がついていたならば、そこから降って湧《わ》いた災難の点だけマイナスにしなければならないことに激怒したであろう。

しかし、私はまず自分が死んだものと思ったのだった。私の出発点はいつもゼロから出発する。ゼロから見ればわずかな救いも、ないよりは遥《はる》かにましなのである。私のは、足し算の幸福であり、友人がさとしてくれたことは、引き算の不幸のように私は思う。どちらがいいとか悪いとかいうことではない。ただ、私のような計算の方法を使うと、一生に一度もよいことがなかったなどという人は、ありえないはずなのである。

メモ

老いと死を、日常生活の中で、ちょくちょく考えること。

死については、老いてからだけではなく、子供のうちから考えさせることが必要であると私は思う。

死の概念については二つある。子供が恐れる死は、死体、柩《ひつぎ》、焼場、お骨《こつ》、あるいはお化《ば》けといった表現をとっている。母の死顔《しにがお》を見た七歳の少年が、その日以来、母がお化けになって現われるのではないかと思い、夜中に手洗いに行けなくなったという例も知っている。

子供に死を、そのような概念から入らせることはあまりいいことではないかもしれない。

しかし、私はカトリックの学校に育ったから、生の意味と、死の意味は常に教えられた。幼稚園の時から、私たちは子供ながら臨終のために毎日祈った。「灰の水曜日」という祝日には、私たちは司祭の手によって額《ひたい》に灰を塗られ、塵《ちり》に還《かえ》るべき人間の生涯を考えるように言われた。

老いも死も願わしいことではないが、すべて願わしくないことを超《こ》えるには、それから、逃げていては決して解決がつかない。解決は正視することから始まるのである。

「おばあさん！　お坐りなさい」と席を譲られてがっくりしたとか、自分と同い年の人が自動車事故にあうと、新聞に「老人、轢《ひ》き殺される」と書かれているのでいやになった、とかいう話をきくと、私は正直なところ、逆にびっくりする。そんなことはもう、とっくにわかっていたことではないか。十代からみたら、四十代はもう立派な、「じいさん、ばあさん」である。そんなことを言われて、なぜ、おたおたしなければならないのだろう。老いが不意に来たと思う人は用意が悪いのである。あるいは自分の体力や能力を過信していたのである。

すでに自分がそうなる以前から、そうなった時のことを考えるというのが、人間らしい操作である。他の高級な予想は私には立てにくいが、年をとるというくらいの予想なら、私にもどうにかできる。この予想を立てるということ（当たるか当たらないかは別として）が、人間と動物を分ける根本的な能力の差であることを思えば、私はやはり前々から、老いにも、死にも、馴《な》れ親《した》しむことのほうがいいように思うのである。

長生きに耐えられるかどうかを考えておくこと。

五十歳の時に七十歳の計画を立てるのは愚かしいことであろうとは思うが、私は目下のところ、八十を過ぎたら、（九十を過ぎたら、という人がいても無論かまわない）苦しみや痛みを取り除いてほしい、という時以外、積極的に医療の診断を受けないつもりである。昔は平均寿命が七十数歳だったから、私は七十を過ぎたら医者にかからないつもりだった。この本も平成七年に出た五十七刷までは、七十を過ぎたら医療を受けない、となっていた。

しかし今、平均寿命が、女性の場合八十を越えたということになると、七十から病気を放置するというのも、身勝手な結果を生むかもしれない。

つまり、平均寿命に近くなって病気を発見し、それから何年も格闘して生きるより、病気を知らずに自然の寿命を保ったほうがいい、と思うからである。もちろん、脳溢血《のういっけつ》になって寝たきり老人にならぬよう、血圧くらいは計り、自分で簡単にできる食養生くらいするかもしれない。

しかし、私は正直言って人生五十年というのは適当であったかなという気もしている。私は五十歳になる一カ月前に、白内障《はくないしょう》の手術を受けて、今までにない視力を得させて頂いた。しかし普通の場合、人間の体は五十歳までならほっておいてもあちこち何となく保《も》っている。というより、あまり補修に手間どらない。しかし五十歳を境に、かなり丈夫な人たちが、あちこちで病気するのを見ると、五十年というのは、肉体的にはやはりいい区切りなのかな、と思った。五十年以上の肉体を使う場合には、絶えず錆《さび》つかないように、注意していなければならないから、その手数がめんどうくさく感じられたのである。

しかし、肉体の老化とは別に、精神の分野は、五十代、六十代のほうが、三十代、四十代より明らかに複雑になっている。五十代がおもしろいなら、六十代はもっとそうであろうし、ぼけずに七十代に入れたら、さらにおもしろくなるだろう。そういう恵まれた人たちは八十代、九十代にもみごとに生きられるということに、挑戦してみたくなって当然である。

それゆえ、どこで人生を打ち切るかということは好みによる。その人の精神と肉体の強さにもよる。しかし医学も、長生きさせればいいということで済まなくなったのは、おもしろいことである。

最期《さいご》は自然に任すのもいい。

ある高名な医師が私に言った。

「老人に対してしちゃいけない医療があるんです。

一つは気管切開。これをするとしゃべれなくなる。言葉は最後の瞬間まで残しておいてあげなきゃいけない。

もう一つは点滴。人間にはホメオタシスと言って、自然に自分で自分の体を調節して生かすように働く一種の機能がある。それを点滴は乱すし、時には細胞が水ぶくれになって機能しなくなることさえある。そうすると呼吸まで苦しくなるんです。

しかし自分の口から入れれば、そのホメオタシスに自然に組み込まれる。だから食欲がなくなっても、決してほっておいちゃいけない。一口でも食べるように勧《すす》めなきゃいけない。しかし点滴だけはおよしなさい」

ほんとうに偶然だったが、私は私の実母と夫の両親と三人の親を、自宅で見送った。ということは、三人とも「管《くだ》をつける」ことなく気管切開もしなくて済んだということである。ホーム・ドクターがいい方だったこともある。実母が八十三歳、姑《しゅうとめ》が八十九歳、舅《しゅうと》が九十二歳であった。

昔はよくずっと農家の縁側で暮らしていたおばあちゃんというのがいたものである。比較的若いうちはそこで針仕事などしており、時々曲がった腰で立って行って豆など煮ていたおばあちゃんである。そういう老女は、縁側からどうも姿が見えなくなったと思うと、ある日亡《な》くなっていたものであった。

今にして思うと、あれがホメオタシスなるものだったのかと思う。ああいう最期《さいご》がいい。

メモ

老人の三つの敵——流動食、点滴、車椅子——を拒否するには、当人の気力もいる。

先日、九十を過ぎた舅《しゅうと》をホームに預けている女性から、胸の痛む話を聞いた。その人の舅は九十を過ぎてから、時々食べたものが気管に入ってむせるようになった。事実、そのために、肺炎を起こしたこともある。それを何度か繰り返すと、医師が言った。

「来週から、食事をやめて、点滴にしましょう」

この舅さんは、それを聞くと泣き出した。まだご飯が楽しみなのである。お嫁さんは舅思いだったので、どうか食事をやめさせるようなことはしないでください、と掛け合いに行った。

一九九〇年代後半の医療というものは、まだこの程度に人間をわかっていない。九十過ぎの人が食餌性肺炎になって死んでどこが悪いのだろう。それより最後の日まで、できる限り食べたいものを食べさせる、という愛情のある気持ちにどうしてなれないのだろう。

それ以前の問題だが、年をとったら流動食か柔らかいものにすればいいなどというのも間違いだろう。食事の味は硬さや柔らかさにある。私など、歯がよければ、いつまでもできるだけ硬めに炊《た》いたご飯を食べたい。何でも小さく切ったものがいい、などということもない。

車椅子も、手厚い看護風に見えて実は曲者《くせもの》である。車に載せてしまうほうが看護する側は事故を起こされないから楽なのだ。しかし載せられたほうは、それで結果的には例のペリパテーオー（「歩く＝生活する」）の力を失ってしまう。

人間はできる限り、自分で立って歩いて、自分の用を足すべきだ。それには時間もかかるし、看護人はじれったくなって、車椅子を持って来たくなる。しかしそれに逆《さか》らっても、ほんとうは歩かねばならない。

老人のほうにも、楽をさせてもらえば嬉しい人がいる。そういう人は、「年寄りを歩かせるのは、看護人に優しさがないからだ、車椅子に載せて押してくれてもいいのに」という考え方に傾く。そう思いたい人はそれでいいのだが、歯を食いしばっても歩きたい人は、はっきりと自分の希望を伝えるべきだろう。

遺言状などは必要とあれば、気楽に書くこと。

ある人の死後、その遺産をめぐって残された人々が争うくらい、みじめなものはない。遺産の争いは、残されたものが少なくても起こるし、たくさんあっても起こる。なければないで死者の形見の着物一枚を誰が取るかでもめるし、莫大な財産を残された裕福な家族は、それだけに更にいがみ合うという皮肉な結果になる。

そのようないざこざを、最小限にくいとめるのが遺言状だが、これはきちんと法的な条件を揃えないと有効でないという。そのためには比較的早めに、遺言状を書くことには協力すべきである。それなのに、遺言状など書かせるとは、私を殺す気か、とか、そのことを言われただけで、ショックに陥《おちい》る、というような人がいて、家族もみすみす言い出せないというケースがある。

遺言状を書いても、何もすぐ死ぬわけではない。長生きして何通書きなおしてもいいことである。気楽にいつでも書くくらいの余裕がほしいと思う。

病気が回復しないと思わぬこと。本当に治《なお》らないのはたった一回だけである。

死を恐れるのは当然だが、死ぬのは一回だけなのである。ということは、たいていの場合は治るということである。それを思うと、治さねばならぬし、また事実治ってしまうのである。

原則として、体が悪いことは何よりも優先して治さなければいけない。医者へも行かず、ひたすら体が悪いと訴える老人がいるが、それでは周囲が困ってしまう。

老年の病気は、なかなか治りにくいものではあるが、それでもやってみるほかはない。病気に関して的確な療法が見つからないのは何も老人に限ったことではない、ということも忘れてはならない。たとえば私の知っている一人の中年の湿疹の患者は、やや効くという薬をくれる皮膚科の医者にめぐり合うまでに三年かかり、それでもまだ完全に治っていない。一生を喘息《ぜんそく》とつき合って暮らす人はあちこちにいる。ということは、決定的に病気を治せる医者も薬もないということなのだろう。

このように、中年でも、医者をあちこち変えてみたくなるほど治らない病気は多いのである。だからといって、病気を途中でほったらかすわけにはいかない。

頭のいい老人に多いが、やってみないうちから、どうせこんなもの効きやしない、という人がいる。しかしそれは医師に対する非礼というものであろう。それにせっかく試《ため》してみるのなら、どうして、「騙《だま》される気」になってみないのだろう。「騙される気で騙されて」病気なんていうものもけっこう治ることがある。

ダメでも野放図に希望をつなげばいいのである。それが人間の義務である。

人間は治らなくても、治そうとする過程が大切なのである。ふり返ってみれば、私たちはみんな過程に生きて来たではないか。さまざまの野心や夢を持っていたが、あまり思いどおりにはならなかった。しかしその経過が人生そのものであった。

そんなことを言うならば、どうせ人間いつかは死んでしまうのだから、若いうちから予防注射や健康法になど心をつかわなくてもいいのである。

医者へも行かず、家の人に体の不調だけを訴え続けるようなことは、老人であろうがなかろうが、人間としての生き方からみても不遜《ふそん》である。

どのような、ふとどきな処遇を運命から受けようと、それに報復してから死のうなどとは思わないこと。

私たちは、個人から、社会から、常にいわれのない扱いを受けるのである。善《よ》い面においても、悪い面においても。世の中には復讐の物語も数多くあるが、決して復讐が道徳的にいけないからではなく、それらには本質的に心を惹《ひ》くものがない。それは盆景の光景のように、ちんまりとそれらしく作られてはいるが、現実に似せて作られているというだけで、決して現実的ではない。なぜなら現実はもっと奔放で雄大なものであり、ちまちまと金銭出納簿《すいとうぼ》のような損益勘定が一目で出てくるようなつじつまの合いすぎたものではないからである。

何兆、何億という人間が、今までそのふとどきな運命に殉じたのである。どうして自分一人、それに逆らって、つじつまを合わせようとするのか。

そこで当然、問題になってくるのは、「赦《ゆる》し」である。赦しなどというと、反射的に拒否反応を起こす人のために、私は一つの血みどろの言葉をここに書きとめておこうと思う。

「赦しは量の問題でなく、質の問題である。（中略）われわれの敵への愛という掟《おきて》は、ユートピア的な夢想家の敬虔《けいけん》な勧告と雲泥の差がある。われわれが生存を希求するなら、それは絶対に守らねばならない運命である」

これは赦しの問題を一つの道徳でもなく信仰でもなく、現実的な手段として認めつつ、敵の手によって倒れた黒人の指導者、マルチン・ルーサー・キングの言葉である。

メモ

自殺は、この上ない非礼である。

老人の中で死にたがっている人は実に多い。私は身近な者が、脳軟化の発作《ほっさ》で倒れた時、動脈硬化症がしばしば性格の変質として現われたら、鬱《うつ》病的傾向を示すことを知った。はたから見ても、もちろん不幸がないわけではないけれど、それを耐えられないというくらいなら、他の年寄りはもっと耐えられないはずだ、というような人が死にたがっている。

私の知っている老人の一人は、健康で、老妻と娘の夫婦と孫と暮らしていた。貧しくもなく、社会的にもちゃんとした職場で管理職的な仕事を果たして来た。彼が自殺した理由というのは、妻に先立たれるのが怖《こわ》いからであった。そのような目にあうくらいなら、先に死んでおきたかったのである。彼の場合、かりに妻に先立たれたとしても、同居中の娘夫婦は「おじいちゃん」とそれまでどおり暮らすはずであった。嫁ではない、実の娘と住んでいるのだから、気楽そうなものであった。

目的を失えば、人間は「死ぬほかはない」と思うのかもしれない。あるいは執着が大きすぎるために、それを失う恐怖も増大し、その恐怖によって死にたくなるということは、一見矛盾しているようだが、心理学的には、一つのパターンとして解明されている。

しかし、他のことと違って、死は一つの問答無用の関係を作ることである。自己であろうと、他人であろうと、生命を断つということは、その相手と、二度と話し合いに応じないという意思表示をすることである。

息子を戦争で失い、一人で暮らしていたおばあさんが自殺した、という話はあまりきかない。それは自殺しても直接に痛痒《つうよう》を感じる相手がいないからであろう。そのような状況に一人の人間を放置したことについて、国家は恥じなければならぬのだが、国家が恥じてくれるという表情を私たちは想起しえないから、死んでみてもつまらないのである。

老人の自殺には面当《つらあ》て自殺的な要素を含むものが多い。それも、その面当ての対象は、何もしてくれなかった他人へではなく、むしろ、僅《わず》かながら面倒をみてくれる身近な人間に対するものなのである。ケンカならばいくらしてもいい、それは後で話し合いがつくからだ。

しかし、死はすさまじい拒絶である。未来永劫《えいごう》、もうお前とは口をきかぬ、ということである。たとえどのようなひどい扱いを受けたとしても、死を以《もっ》て報いなければならぬほどの所業はない。

内心はそうではないにせよ——先にあげた幸福な老人の死には決して怨《うら》みの念はないだろうが——、どんな理由があろうと、自殺は迷惑千万である。首つりをされた部屋など気味が悪くて使う気にもなれない。人のとび込んだ井戸、首をつった木など、後《あと》どうすればいいのか。電車にとび込んでも、海へ入水《じゆすい》しても、確実に他人と社会に迷惑をかける。

どうして死ぬ時に、それほどまでに迷惑をかけねばならないのだろうか。待っていれば、もうすぐ自然に死ねるのに。

メモ

老いに対して、自然であること。若作り、無理はみっともない。老醜《ろうしゅう》を見きわめ尽くせば自然になる。

誰がこのような老いの姿を決めたのか。それはあなたでもなく、私でもない。目は二つ鼻は一つと、決められたように、理由もなく、老いはある一つの姿をとるのである。

自分がこの形態を選んだのだと思えば、愧《はず》かしがらねばならぬかもしれない。しかし与えられた老いの形に、何ら抵抗する必要はない。

私は時々、現実に、その年とも思えぬほど若く見える人に会う。ところが、それは決して若さを保とうと思ってそうなっているのではない。若さを保とうなどと考えもしないほど、ある生活にうち込んでいる人が、たまたまそうなっているだけである。

無理な若作りをすると、他人はその努力のためだけにも、「お若いですね」と言う。しかし、内心は困っているのである。作りすぎると逆に老化はよく目立つからである。

ある高校生が言った。

「三十すぎの女は皆、死んじまえばいいよ」

この言葉に怒るようではいけない。醜いという点でなら、それは真実である。しかし高校生もすぐ、三十、四十になる。人間からみてゴリラは醜悪かもしれないが、あれが人間みたいだったらゴリラではない。ゴリラは人間より醜悪であってこそ、ゴリラである。老人とは、老いという特徴を持っていてこそ老人なのである。

メモ

血のつながった身内以外に、老人を最終的にみてくれる人はいないことを、明確に考えておかねばならない。

よく、子供のところにいる年寄りで、子供夫婦とケンカなどすると、「それじゃ、私はここを出るよ」という人がいる。老人ホームへ入る気なら別である。しかしそういう老人に限って、実現の可能性のないことを考える。

そういう場合に老人が思いうかべるのは、時々やって来る、親戚の娘などである。たまにやって来て小さな贈り物などをくれ、優しく、

「おばあちゃん、ぜひ長生きしてくださいね。何かあったら、いつでもとんで来ますから。おばあちゃんに、何かあったら、私が必ず面倒みますから心配しないでくださいね」

というようなことを言った女である。

うちの嫁と比べると、あの女は格段に優しかった。私はあの女の嫁入った先で厄介になろう、と老人は考える。

ところが、そのようなことは、実は決して実現しないのである。たまに会った年寄りに

は、人間は何でも言える。どんな口約束、どんな優しい言葉もかけられる。しかし、それまで、毎日ずっと老人の面倒をみてきたのは、嫁なのである。毎日顔をつき合わせていれば、そんな愛想のいいことなど、いちいち言ってはいられない。

老人の中には、自分に与えられている生活のよい点をほとんど感じられなくなっている人がよくある。よい点は一つもなく、悪い点ばかり身にこたえる。もちろん、一般の市民生活では、言うこともない隠居の生活を送れるという人も数少ないであろう。しかし寝たきりで、世話してくれる身寄りもなく、お金もない、という老人に比べれば、たいていの年寄りは、ましな生活をしているのである。

子供の家にはいられない、と言いきることは、相手に対して根本的に失礼な態度を見せることである。もっとも、そう言わねばならぬ子供もいるだろうし、いかに老人でも何が何でもそこに我慢していなければならないということはない。老人革命を起こすことは大賛成である。しかしその場合は、すべて自分で、自分の体力や財力の限度で、静かに、着実に革命を達成することである。

出ていく気もないのに、面当てのように、こんなところにいるのは耐えられない、という言い方をする年寄りがいる。嫌味を言うばかりではない。自分はいかに冷遇されているかを近隣や親戚に知らせたくて、家出をしたり、自殺をはかったり、投書をしたり、近所を徘徊《はいかい》したりする。いずれも自分の本当の欲望と関係ない、人間としても卑怯なやり方である。

いつか、私が回答を出さねばならなかった身上相談に、自分はまだ体もしっかりしているので外へ出て働きたい、という字も文章もしっかりした老女の投書が載ったことがあった。別に子供にいじめられているとは明記してなかったが、何か事情がありそうだ、と思わせるような文章であった。

それが新聞に出たところ、求人が殺到した。可哀そうなおばあちゃんに、ぜひうちで手伝ってもらいたい、という同情半分、人手不足の折りの実利主義的考え方半分の電話がほとんどであった。新聞社で調査したところ、その投書者のおばあちゃんの住んでいる息子夫婦の家では、投書のことなど寝耳に水でびっくりしてしまった。おばあちゃんに出て行けと言ったこともなければ、いられない事情が発生しているわけでもない。働きたければ、家で何か体を動かしてもらうこともできるし、要するにそんな話は、寝耳に水なのである。

このおばあさんは、自立の意志があることを示したかったのだろうが、本当に、自分の生き甲斐のために外へ出て働きたいのなら、なにもこんなに息子夫婦を驚かせるような手段をとらなくてよかったのである。よく相談して、お金も少しほしいならちゃんともうかる所へ、お金はどうでもいいならそういう人手を求めている所へ、息子にも相談にのってもらって行けばいいのである。彼女のやり方はどうしても、それとなく、こんなうちにはいられないから出ていくのだ、ということを息子夫婦に知らせるための人騒がせな芝居だったとしか思えない。

老人が働きたい、と言ったら、若い世代はそれを体裁《ていさい》の悪いことだなどとは思ってはいけない。もし内職がしたければ、近所に体裁悪いなどと言わずに、それを与えることである。

しかし老人のほうも、終《つい》の棲家《すみか》は、やはり子供のところなのだ、それ以外の他人は、(はっきり言うと)みてくれるわけはないのだ、という程度の冷静な判断は持っていることが望ましい。少年と老人は夢を見る。少年の夢はまだしもご愛嬌だが、老人の夢ははた迷惑である。

たまに訪ねて来るだけの血筋より、毎日大切に世話をしてくれる他人に感謝すること。
同居していない次男の嫁のほうがいい、と思い、同居している長男の嫁をうとんじたりしないこと。

これは一つの典型であるが、何十年も生きて来て、この程度にしか世の中がわからないというのは悲しいことである。毎日世話をし続けるというのは、なみなみならぬ苦労である。自然、お互いにアラも見せる。毎日毎日、常に優しくしているなどということも人間にはできかねることである。

すると、ごくたまに老人ホームを訪ねて来る甥姪《おいめい》や、月に一度訪問してくれる次男の嫁のほうがずっといい人物のように見えて来る。しかし、現実に老人を引き受けているのは、病院や老人ホームの職員であり、毎日一緒に暮らしている長男の嫁だということなのである。一日だけなら、どんないい人にもなれる。持続してくれることがどれほど大事かを思うべきである。お小遣いをやるなら、たまにやって来る甥姪より、世話になる職員、同居中の長男の嫁にやるべきであろう。

メモ

人間的な死にざまを、自然に見せてやること。

人間的、という言葉には、あらゆる要素が含まれる。便利な言葉だと言いたいところだが、それ以上である。

老人になって最後に子供、あるいは若い世代に見せてやるのは、人間がいかに死ぬか、というその姿である。

立派に端然として死ぬのは最高である。それは、人間にしかやれぬ勇気のある行動だし、それは生き残って、未来に死を迎える人々に勇気を与えてくれる。それにまた、当人にとっても、立派に死のうということが、かえって恐怖や苦しみから、自らを救う力にもなっているかもしれない。

しかし、死の恐怖をもろに受けて、死にたくない、死ぬのは怖い、と泣きわめくのも、それはそれなりにいいのである。

人間は子供たちの世代に、絶望も教えなければならない。明るい希望ばかり伝えていこうとするのは片手落ちだからだ。

一生、社会のため、妻子のために、立派に働いてきた人が、その報酬としてはまったく合わないような苦しい死をとげなければならなかったら、あるいは学者が、頭がおかしくなって、この人が、と思うような奇矯《ききょう》な行動をとったりしたら、惨憺《さんたん》たる人生の終末ではあるが、それもまた、一つの生き方には違いない。要するに、どんな死に方でもいいのだ。一生懸命に死ぬことである。それを見せてやることが、老人に残された、唯一の、そして誰にもできる最後の仕事である。

メモ

政治的人間は、精神の硬化によるものだ、ということを自覚したほうがいい。

人間の精神が、柔軟で、深く思いまどい、相手の立場がわかりすぎれば、人間は、決して断定的に、強くなれないものだと私は思う。

もちろん個人差はあるが、どれほどにも、相手の立場に立てること自体が、人間の行動をむしろ歯切れわるくさせるのである。

よく、年をとると、イロケがなくなるから、図々しくなるのだ、というが、善悪ではなくて、先に述べたように、答えが幾つもあることに対して誠実に困惑したり、他人の心にデリケートに答えるにはどうしたらいいか、と思うような人は、決して、若かろうと年寄りであろうと、政治的な行動をとることはできなくなってしまう。

大会社の社長が、六十歳、七十歳であるのはしかし当然で、その年頃になると、あまりこまかに、人間の心のひだなどは見えなくなる。見えても大した意味はないと思えるようになり、さらに意味があっても切り捨てればいいと考えられるようになるのである。

これを思うと、大局をおさえる仕事のためには老人のほうが適している要素もあるのだが、大局をおさえることがあまりにもうまくなりだしたら、それは細部の切り捨てができるようになったからだと思わねばならない。

(小説家にとっては、この硬化は望ましいものではない。小説家はきわめて個人的なもののみが必要な仕事である。細部を捨てて、大局をおさえられるようになったら、たぶん、小説の仕事は、やめるべき時にきているのである)

メモ

死ぬ日まで、働けることは最高の幸福である。

働くということに関して、老人はもっと虚心坦懐《きょしんたんかい》に受けとめなければならない。働かせられるのは、まっぴらなくせに、「働く場もない」という形で不平を言うのはいけない。

「働きたくもあり、怠けたくもあり」というのが、壮年でも老年でも人間には多いのではなかろうか。

一般的に言って、少しでも働く場所があり、働く機能をいささかでも持っていたら、働けることに私は感謝をすべきだと思う。世間では、老人を働かすのは体裁が悪いというだけの理由で無理に社会から引退させる家族がいるが、それは残酷である。もっとも、年をとるにつれて、社会的に大きな責任を持つようなポストからは、老人自らが引く心構えを持つことが望ましくはあるが。

老人が社会で働く場を失う一つの理由は、老人自らに、こんな老いの身を働かせるなんて、まわりの者がひどい、という腹がある場合である。生活の方式はそれぞれ好みがあるから、他人の生活まで口を差しはさむことはできないが、働ける光栄は人間として最上のものと思う。私としては死ぬ日まで何かして働いていたいと思う。

肉体の労働とともに、頭脳の労働も実に大切である。肉体よりも、頭の老化が早くも四十代から始まっている人も時々見かける。物覚えが悪いとか、人の名前を忘れる、とかいうことではない。会議などに連《つら》なっていると、大局的な流れをつかめず、小さなことに固執し、あるいは他人の立場がわからず、無関心になったり、狭量になったり、何とかして無理やりに自分の立場を相手に認めさせようとしたりする。家庭の主婦は、まとまった本を読まなくなり、研究心に欠け、がんばりがきかなくなり、たやすく他人の噂を信じて、それを話題にするようになる。

頭を鍛える最上の方法は、たえず抵抗のある状況に自分を置くことである。つまり、いやな思いをすることである。家庭は、この面では防波堤の中にあるので、むしろ悪環境である。

人からいやな目にあわされて腹が立ったら、心から感謝すべきなのである。これくらい心身の賦活《ふかつ》に役立つものはない。

金がなくなったら、最後は野垂《のた》れ死にをする覚悟を持つこと。

小金を持っている老人たちが、自分は何歳まで生きるかわからないから、今ある金を使えないと言って、何にも使わずに、一生倹約ばかりして生きている例は実に多い。むろん、理論としては、人間は百二十歳まで生きる可能性もあるのだが、私は自分がそのような才能があろうとは思えないから、人並みな寿命を推定してその年までに、お金を使い切って死ぬような境遇になれたら、と思う。

老人たちが金に執着する理由は、子供からも社会からも見捨てられた時、最後に頼りになるのは金だけだという考えから成り立っているのだが、それほどのひどい目にあうようになったら、金などあっても何もならない。

もし使い切った後に、まだ命があって、そして、まわりに自分をみてくれる人が誰もいなかったら、その時こそ、もうこんな薄情なこの世に生きていなくてもいいではないか。その時は私は、着たきり雀で、歩き出すだろう。目的はなく、ただ、これと思った方向に力つきるまで歩くのである。途中で雨にあい、力つき、病気になったりしても、老人ならば、そうそう長い間、辛い目にあわなくても、カタがつくというものである。この最後の行進は、本当に最後のものだが、昆虫の死のようで、そう悪くはないような気がする。これは決して、家出のすすめでもなく、自殺のすすめでもない。子供が一人でもいたら、（社会が救ってくれない場合には）子供の所に転がり込むべきである。

ただ、この最後の行進の後の野《の》垂《た》れ死にを決意しさえすれば、それ以上、怖いものはなくなるはずである。金も適当に使える心になるはずである。

それがいやなら、ちびちびとお金を出ししぶり、何も減らさず、手つかずで残してつまらなく死ぬほかはない。

メモ

金も身寄りもない年寄りになったら、全力をあげて、自分の周囲の人間にタカルことである。

このような状態は、近い将来にありえないことであることを願うが、やはり常に可能性としては考えておくべきことである。

かつて私の身近に、ある理由で、生まれたての赤ん坊をかかえて、夫と別れた人がいた。赤ん坊がいては働きにも行けない。さりとて金もなかった。彼女は赤ん坊を施設に預けるためにいろいろ努力したが、いろいろな制約があってうまくいかなかった。最近の状況では、こういう時、母親は赤ん坊を殺すのだが、彼女は知恵もあり、肝《きも》っ玉《たま》もすわっていた。彼女は当時の福祉事務所に赤ん坊とともに坐り込んだのである。そこで彼女は翌日、何とか子供を乳児院に入れてもらうことに成功した。

金も身寄りも何もない老人が、何らかの理由で生活できなくなったら、あらゆる知人や周囲の人にタカリ、かつ、そのうちの誰かのところに転がり込むことである。少々乱暴な考えかもしれないが、それがそこまで生きてきた人間の権利だと思う。

そこまで追いつめないように政治的配慮ができれば、それにこしたことはないが、黙って死んでいくくらいなら、周囲の人に迷惑をかけることが、むしろ義務である。

メモ

幸福な一生も、不幸な一生も、一場《いちじょう》の夢と思い、そのさめるとき（死ぬとき）について思い悩まぬこと。

私はこのメモの中でいくつかの矛盾したことを書いて来たのだが、これなども、他の能動的な一切の姿勢を、根底から打ちこわすものであろうとも思う。しかし、まえがきにも書いたとおり、私の中に対立する考えや思いが共存することは本当なので、それは、お前の精神が病《や》んでいるからだと言われれば、私は少しも、それを否定できない。

まことに無責任と言われるかもしれないが、人間の一生の幸福感の総量は（当人からみて）似たり寄ったりのものなのだろうと私は思っている。何不自由なくみえる人ほど、不満の度が強いということがあって、それは当人の心がけの悪いせいだと言えば言えるのだが、幸福というのは主観でしかありえないから、やはり当人は不幸なのである。

まだ幼かった時、私は激しい空襲の後のひとときを幸福だと感じた。顔中すすだらけ、消火作業をしたので体中ずぶ濡れ、足の裏は途中で靴がぬげたままだったので傷をしていた。

まだ寒い季節であった。太陽は煙で黄色かった。私は寒さで震えており、空腹をいやすおいしいものがあるというわけでもなかった。次の空襲で私は死ぬかもしれなかったが、それでも、私は生きていられたことを幸福だと感じた。どんな客観的不幸の中にも、さまざまな形で救いは用意されており、どんな光の中にも、不安が隠されている。

空海《くうかい》の『秘蔵宝鑰《ほうやく》』は次のように言うのである。

「三界《さんがい》(この世)の狂人は狂せることを知らず。四生《ししよう》(すべての生あるもの)の盲者は盲なることを識《さと》らず。

生れ生れ生れ生れて生の始めに暗く、

死に死に死に死んで、死の終りに冥《くら》し」

私たちはつまり何も見えていないのだろう。私たちがこの世で確実に掴《つか》み、味わった、と思う一切のものも、それは果たしてそれほどの重いものだったのだろうか。

私は確かに虹《にじ》を見て微笑したのである。幻に責められて苦しんだのである(もっとも私が他の人に与えた悪はかなりはっきりと実在したものだろうが)。空海はなおも、この間の思いを高らかにうたう。

「空《くう》はすなわち仮有《けう》の根《もとい》。仮有《けう》は有《う》にあらざれども有有として森羅《しんら》なり。絶空は空にあらざれども、空空として不在なり」

誰にとっても、悪い一生ではなかった、と思うことは可能なのである。死刑囚ですら、そう思いうる可能性はある。世の中は何よりも——決して完全ではないが——おもしろいところだった。少なくとも私は今この年になっても、くだらないことによく笑っている。悲しいような、苦しいことさえもおかしく思えることがあった。

反対に、どんなによさそうに見えることも決していいことばかりではない。仲の悪い夫婦は、一方の死によって、確実に片方が救われるが、仲のよい夫婦は、片方の死によって自分が生きながら死ぬ悲しみを味わわねばならない。

もうここまで書けば、私は、つまりめんどうくさくなるのである。めんどうくさいという形で、私は死を一つの救いと思いたいのである。

死によって得られる可能性を最大限にしあわせに思うこと。苦しみからの永遠の解放、先に死んで行った人たちと再会することなど。

無神論者はそれで一向《いっこう》にかまわない。死ねば無に帰するのだという考え方も、一つの勇気である。

しかし、私個人としてはもう少し積極的に死を考えたい。それは晩年のミケランジェロの言葉が最もよくあらわしてくれている。

「生命が私たちに好ましいものであるなら、死もまた私たちにとって、不快なものであるはずがないでしょう。なぜなら、死は生命を創造した巨匠の同じ手によって創《つく》られたのですから……」

これは私の甘い夢だといえばそれまでなのだが、私はやはり死後の再会を楽しみにしたいと思う。私はあの人にもこの人にもあの世で会うつもりなのである。そしてそう思えることは、本当に楽しい期待である。ことに長生きして、配偶者や子供たちが先に死んでいるような人の場合、死はまさに再会の時であろう。何で恐怖や悲しみを感じる必要があるだろう。

メモ

宗教について、心と時間を費《つい》やすこと。

墓参、お寺まいり、お坊さんの講話を聞きに行くこと、などに時間を費《つい》やす老人を見ていると、私は若い時から美しいと思った。

私はすべて自然なことが好きである。

若いうちは学問や仕事にかまけて、そのようなことをおろそかにする。しかし年をとったら、人生をふり返って見なおす機会を作る。私の場合だったら、年をとるほどに祈りの時間をふやさないといけない、と思うのである。

しかし病気の苦痛があると、もう祈りもできなくなるということを私は計算に入れていなかった。だから、自分の魂のために祈ることは、今日から、つまり少しでも健康なうちからすぐに始めたほうがいい。私は毎晩、まともな祈りができない時には、「今日まで、ありがとうございました」とたった一言の神への感謝だけはすることにしている。

宗教的なものに関心がないことそれ自体は一向にかまわないが、そういう人たちは、どこか、なげやりで、自己顕示欲が強く、不満がいっぱいというふうに見えるのが不思議である。

もっとも、日本人の宗教的行為は、決してその思想や哲学のためではなく、「非常に楽しい保養」であることについては、R・ベネディクトが『菊と刀』の中でつとに書いているところである。過去の日本の社会においては、遊びは悪徳であった。それをごまかすかくれみのの役目をなすのがお寺まいりをはじめとする一連の宗教的行事にでかけることであった。それならば「遊び」と見なされず、逆に、それを妨《さまた》げることに対しては、社会的非難をこうむる場合もあるから、老人も（時には嫁も）、大いにそういう機会を利用したのである。

確かにそれらは、真の意味において、宗教的な行為とは言いにくいかもしれない。しかし少なくとも、それは外出の目的、社交の目的ではあった。そして、目的を持つ、ということは、無為《むい》に暮らすことが精神に与える悪影響を思えば、それだけ、まことに健全なのである。

一生涯、努《つと》めること。

ボーヴォワールは、『老い』の中で「老人たちは、社会が彼らについてつくりあげたイメージに合致するように要求される」（朝吹三吉氏訳）ことについての怒りをぶちまけている。

しかし、それは、いささか一方的な見方である。前出の文章の「老人」という単語は何にでも置きかえられる。「娘」でも「妻」でも「働き盛りの男」でもいい。社会が、人間の年代年代によって、望ましい像を設定したとしてもそれはしかたがないし、それはすべての人間が共通に受けねばならぬ立場である。

一生涯、努《つと》めること、というのは、決して若い世代のご機嫌とり用の行動をせよ、ということではない。それは何歳であろうと、人間の問題である。人間が人間をやめる時まで（つまり意識を失う時まで）、あらゆる職業、あらゆる年齢、あらゆる立場、あらゆる性格の人間に共通に課せられた、人生を濃厚に味わう方法なのである。

私は決して、努めるという言葉を、道徳的に使っているのではない。人のためになること、というのも、今ではその定義がむずかしい。努めるというのは生の受けとめ方である。

努めているかいないかは、しかし決して外側から判断することはできない。ある不愛想な人が、ある人のお祝いの会に来ていた。その人は、まわりじゅうに対して怒っているように見えた。しかし、実際には、彼は生まれつき人中《ひとなか》に出るのが嫌いな性分なのである。その彼がそこにそうして不機嫌《ふきげん》に坐っていることは、つまり彼にすれば、親友のよきことを祝うために人一倍努めていることなのであった。

✎メモ

老年の一つのひじょうに高級な仕事は、人々との和解である。

これはアルフォンス・デーケン神父の著作によって教えられた重大なことなのだが、私はこの点を卑怯に考えようとしている。

そもそも和解というものは、実にむずかしいものである。和解しなければならなくなったような状態にかつて陥ったということは、一種の絶望から出たものだから（私の場合は）そこに再び理解し合えるという希望のルートを通すということは並大抵の努力ではない。

しかし、老年は次の二つの理由でそのことをやや安易にしてくれている。

第一に、この世は自分にわかることばかりではない、ということである。私はこの世でわかって嬉しかったものもあるが、ついにわからずじまいだったことも多い。わかるほうがいいに決まっているが、私の能力がなければ、わからないままで死ぬほかはない。私にはその成り行きがわかっているから、相手の生き方がわからないままに和解することができるかもしれないと思えて来た。

第二に、もう残り時間が少ないということは、何としても便利なことである。誰にとっても若い時だったら、夫の愛人、小姑、いやな上司、どれも将来長い期間にわたって、自分を苦しめる存在になりえた。しかし、その人たちも、こちらが老年なら、もう私を本質的に苦しめる存在にはなれない。現在まだ苦しめているとしても、それはもう時間の問題である。だから仲なおりができる、と思う。

もちろん、これはかなり上等な生き方で、長い間仲《なか》たがいをして来たものを、今さら仲よしになる必要もない、という考え方もある。

しかし癌患者がホスピスに入って最後の三、四週間にやる仕事の最も大きなものは、人々との和解だということは重い真実を告げている。私も上等な人間を目ざすことにしよう。

メモ

徳のある年寄りになること。
若い時には、「徳」などというものは身につきにくい。年とってこそ、初めて「徳」は定着する。

この条項は、無神論的な立場と、根本的に対立するものであることを初めに明らかにしておく。

「トク」がある、というと、ある人は、「ははあ、傍《そば》へくることによって、何かしら得《う》るところのある年寄りということですな」と反応した。このトクは得と書く。

行けば必ず金をくれる年寄りになるというのも、人気を保つ一つの手ではあるかもしれない。しかし、金銭が介入すると、人間関係は必ずや片寄った動きをとるようになる。金めあてで来てくれる人には別に会いたくないであろう。

「徳」を道徳と思った人もいた。道徳は、社会の形状とともに変化する部分を持ち、あくまで人間を対象とする。他の人間あっての道徳である。

しかし、本当の徳は、森林の中にたった一人で暮らしていてもあるべきものなのである。

徳とは何かを、規定することはむずかしいが、一切の世間的な有効性を目的とせぬ徳などというものの存在を、タワゴトのように思う人には（それはそれでかまわないのだが）、ただ一言、サン＝テグジュペリの言葉を引いておこうか。

「神が存在しなくてもかまわない。神は人間に神性を与えるものだ」（『手帳』）

道徳と徳はまったく似て非なるものである。私は昔から道徳というものを信じなかった。物を盗まないということは守らねばならないが、私は十代の頃から本当に食べられなくなった時には、物を盗め、と教えられた。学校からも親からもそう教えられた記憶がある。もちろん、その前に、他人にあわれみを乞い、あらゆることをやってみて、どうしても、餓死するほかはないところまで来たら、盗め、ということなのである。その場合もできるだけ、目につきやすいような行動で物を盗むのだ。そうすれば、必ず、その家の人が、私を警察につき出してくれるであろう。留置所に入れられれば、私はクサイ飯を与えられて生きながらえるのである。

生きることは人間の権利であり義務である。それゆえに、人を殺さない、などということは道徳などという一種の規則ではない。それは、人間の存在の根底を支えるものである。

徳は、自己の存在を永遠性のうちにいかに位置づけるかということにかかっている。蛇足かもしれないが、徳は他人の評価を目標としない。しないというより、することが不可能なのである。したがって位置づけというのも、完全に、その人の美学的な心の中だけの認識にもとづくものである。自分はどれだけえらいことをしてきたかということを、勝手に決めることではない。

徳は結果をふり返ることではない。徳は目標に目をあげることである。失敗しても性《しょう》こりなく、自分の美の究極に向かいつづけることである。

ところで、美というものは、その当人にしか意味のないものである。ピカソの作品の前で本当に感動する人もいるが、そうでない人もいるであろう。美を神という言葉におきかえた時、そこに初めて、徳というものが「道徳」のように干《ひ》からびた小心なものではなく、たっぷりしたみずみずしさをたくわえた、人間的な目標であることがわかっていただけると思う。

徳は真の意味のエゴイズムである。しかしそのエゴイズムは、他者に向かって自然な温かい拡散性を持つエゴイズムである。通常言われているエゴイズムは、他から奪って自分を最終目的に持つ収斂《しゅうれん》性のエゴイズムをさす。

具体的に「徳性を有する」「完徳の状態にある」とは何をさすか。一つのめやすは、自分を主張することのいかに小さいかであろう。日本流にやや飛躍して翻訳すれば世阿弥《ぜあみ》の「秘すれば花なり。秘せずば花なるべからず」ということになろう。もはや死の直前になって（自分がこの世に生まれたという足跡をどこかに残したい時になって）、自分の生を、どのような形ででも主張しないこと。風の中に消えて行くような気配。そのようなすさまじい自然な生き方は、己《おの》れを空《むな》しくできるという強さと、怜悧《れいり》な明察がなければできるものではない。

この項目は、私にはおそらく決してできるところではない。しかし希望し、果たせなかった悲しみを味わうことも悪くないであろう。

完徳を老年に望むのは、自らの救済のためであって、決して対外的な手段ではない。

老年のさまざまな苦しみは、人間の最後の完成のために与えられた贈り物と思うこと。それをみごとに受けとめられるのは老人しかいない。

四十を過ぎると、人間は日々少しずつ、当人は気づかなくても老いていく。いや化粧品メーカーの宣伝によると、二十五歳から、人間はどんどん老いるのだという。

五十、六十を過ぎると、人間は勝ち目のない闘いに追いこまれる。つまり人間はもう若くなることは決してないのだから、これから先、体力はどんどん弱くなり、能力は衰え、美貌（?）は失《う》せ、病気はしだいに癒《なお》りが悪くなる。別に悪いこともしないのに、どうしてこんなひどい目にあわなければならないのだ、と文句を言いたくなるようなものである。

しかし、人間は幸福によっても満たされるが、苦しみによると、もっと大きく成長する。ことに自分に責任のない、いわばいわれのない不運に出会う時ほど、人間が大きく伸びる時はない。老年に起きるさまざまの不幸は、まさにこの手の試練である。

もし私が、そのような不運を若い時に味わったなら、私はそれをどう処理していいかわからなくて、自殺してしまったかもしれない。しかし、四十年、五十年、六十年あるいはそれ以上の体験はそれを受ける力を用意してくれているのである。つまり老年の苦しみは(私流に言えば)、神が私たちに耐える力があると見こんで贈られた愛なのである。

メモ

「ろくでもないこの世」と思う意識を深く深く自分の心に焼きつけること。

私の場合、これは実にたやすい自然な操作であった。「鹿狩り《ディア・ハンター》」という映画は、地獄のようなヴェトナム戦線におけるアメリカ兵たち（平凡なしあわせに満ちたアメリカの地方都市出身者たち）の悪夢にも比すべき生活を描いたものだが、これを見た時、私は私の小さい頃の生活とそっくりだと思った。私の毎日は、逃《のが》れようのない悪夢の連続だった。そのために、私は自我が形成した時、すでにこの世を「生きているというのはこういうことなのだろうが、生きていなくてもいい世界」という形で受けとめていた。

私は自分に与えられた生活を、人より明るく書ける人間ではないか、ということに気がついたのはごく最近である。それは私の生《お》いたちが、私の眼と同じように暗かったからである。

私の眼は光に敏感ではなかったが、私の心は暗かった青春までの日々のおかげで明るさに敏感になり、僅《わず》かな明るさを描くのに、いつも新鮮な喜びをこめられるようになった。

しかし育ちというのは恐ろしいもので、私は今でも人生を原型としては暗い重いものだとしか思っていない。

人生の不幸な部分とその記憶こそ、死にやすくなることの、最も有効な原動力である。しかし死の準備のために、この世はろくでもない所だ、人生はサンタンたるものだ、と思う癖をおつけください、などというのも、また余計なお世話である。たまたま、私と同じように思う方があったら——その方は幸運だ、とお思いください、と言うに留《とど》めよう。

メモ

死に急がぬこと。人生の意味はいつ見つかるかもしれない。最後の一日にその答えが与えられるかもしれないのである。

ある金持ちの死《し》に際《ぎわ》について、他人《ひと》から話を聞いたことがある。その人はどんな生まれだったのだろうか、私はよく知らない。しかし戦前の財閥の息子だという話は聞いたことがないから、彼自身で現在の地位を築いた人とみていいのであろう。

親友が彼の病床を見舞った時、彼はすでに酸素テントの中にいた。けれど、親友の顔を見ると、彼の顔にある表情が流れたので、友だちは家人にすすめられて、テントの中に顔を突っこんだ。

すると彼は、ようやく人差指を一本出して、それから何か囁《ささや》いた。二、三度聞き返して、友人は、やっと病人が、「一億円、一億円」と言っているのだとわかったのであった。

彼の昨年度の収入が一億円だったというのである。

「そうか、そうか」

親友は手を握った。すると病人は、もう一度、力をふり絞《しぼ》るようにして、五本の指をひろげてみせる。

それは五万円、ということだと家人が知らせた。つまり収入が一億円に五万円満たなかったのである。残念だ、と病人は訴えているのであった。

「もう五万円、何とかして増やしてやりたかったな」

と友だちの一人が言った。

一億円を目標にすることも一つの人生の意味なのだろう、と私は思った。そして私は会ったこともないこの人が少し好きになった。

しかし考えてみると、九千九百九十五万円もの収入があれば充分ではないか、と思うのは、私の一方的な見方で、彼にしてみれば、五万円足りないことで、死んでも死に切れなかったのかもしれない。

生きる目的はそれぞれに違うから、人間は他人に何も言いようはないのである。しかしこの問題に関するかぎり、くどくどしい説明よりも、フランクルの『死と愛』の中に描かれている一つの挿話《そうわ》がそれに充分に答えてくれると思う。

「全く生活に甘やかされたある若い女性が、ある日、思いがけずも強制収容所へ送られた。そこで彼女は病気になり、日に日に衰弱していった。死の数日前に、彼女は文字通り次のように述べた。『私にこんなに辛《つら》くあたった運命を、私は今となっては感謝しております。以前のブルジョワ的な生活で、私は確かにあんまりだらしのない人間でした。私は閨秀《けいしゅう》作家気取りで真面目《まじめ》とは言えませんでした』近づいて来る死を彼女はよく意識していた。彼女の横たわっていた病舎の寝台から窓を通して、ちょうど花の咲いているカスタニエンの樹を見ることができた。そして彼女の頭のところから二本の蠟燭《ろうそく》のような花をつけた一本の枝が見えた。『この木は、私の孤独における唯一の友です』彼女は言った。『この木と私は話をするのです』一体彼女は幻覚をもってるのであろうか。恐らく譫妄《せんもう》状態なのだろうか。彼女は、樹が『答えてくれる』と言うのである。しかし彼女は譫妄状態ではなかった。それではこの奇妙な『対話』は何であっただろうか。花咲く樹は死につつある女性に向かって何を『言った』のであろうか。『樹は言ったのです……私はここにいる。……私はここにいる……私は生命だ、永遠の生命だ……』」（霜山徳爾氏訳）

この若い女性は病んで死をまぢかに控えており、かつて持っていたすべての華《はな》やかさを失っており、しかも誰も助けてくれる人も手段もなかったという点で、老人と同じ状態と見なしてさしつかえない。

しかし彼女は、一本のカスタニエンの枝から、この人生の意味をさとったのであった。

この日のために、彼女は生きてきてよかったのであった。しかしこのような形で、自分が生涯の意味を見いだすとは彼女自らも思いもしなかったであろう。
　安楽死を拒否する理由には、たった一つ、この点があるだけである。最後まで生きてみなければわからないのである。最後の一瞬まで、その人の生きてきた意味の答えは出ないかもしれないのである。その可能性を途中で奪う権利は誰にもない。

メモ

老年を、特殊な、孤立した、病的な状況と考えてはいけない。老年は、人間の一生の中で、連続した一つの経過に過ぎない。その姿を総括的にとらえてみなければ、人生も老年も把握《はあく》することはできない。

ヘンリー・ジェームスの『初老』という短篇の中に次のような会話がある。

「『そりゃほんとうさ。失敗するなんてことは、問題じゃない』

『生きてるってことは失敗していくということですよ』

ドクター・ヒューが言った。

『そうだ、そんなものは、過ぎ去ってしまうんだ』

このデンクームの言葉はほとんど聞きとれないほどだった」（田中五十鈴氏訳）

老年は必ず経過なのである。初めから老人に生まれるという人は特殊な病人でないかぎり通常ありえない。それを思わずに、老年だけを切りとって、問題にしようとする時、そこでは、人間は自己を喪失し、老年の絶望と告発が生まれる。人間の一生を（神から与えられた）一つの時間の経過として見ることをせず、ある人間のある一時期だけを個別に取り出して問題にするかぎり、能なしの老人が、ひどい扱いをされるのは、むしろ当然と言わねばならない。しかし本当は、人間の一生において、成長期が必要なように、人間の精神の完結のためには凋落《ちょうらく》の時期もまた、不可欠なものなのである。

この不完全性、逃れたい悲しみを、どんな人間も実感として得られるような仕組みが老年という形でできているからこそ、人間は人間として、人並みに悩み、考えることを知ったのである。それゆえに、凋落はむしろ、人間に対する何かの愛でさえある。

この人間の一生の連続について、最も美しく鮮《あざ》やかに説明しているのが、マックス・ピカートの『われわれ自身のなかのヒトラー』である。刹那《せつな》的に生き、人間として過去を記憶して苦しみ、未来を予見して恐怖を感じるという機能を失ったナチスの病根を、厳しくえぐりとってみせた作者は、その「青春と老年の破壊」という章で老年にも温かい光をなげかけた。少し長いが、その前半の引用をお許しいただきたい。

「連関性なき世界においては、青年はただ彼らが奔放で刹那的であるためにのみ――つまり、青年の場合には精神よりもむしろ心理学的なもの、自然的なものの方が前景にあるためにのみ――意義を認められている。要するに、青年の諸特性のうち、ただこの無連関的な世界の構造に合致するもののみが意義ありと見做《みな》されているのである。だから、青年は彼らの真の本質のために意義ありと見做されているのではなく、ただ彼らの外的な構造のためにのみ——彼らが無連関的で動的であるがためにのみ——意義を認められているのである。

そして、人々は青年をただ外的なもの、刹那的なものの面からのみ評価するからこそ、人々はまたそのように彼らを取り扱うのだ。人々は青春ののちには成年期と老年期とがつづかねばならないことを全く無視し、青年からただ刹那的なものだけを取り出してきて、そして、彼らを単に刹那的な面に即して取り扱うのである。かくて人々は、すき勝手に青年を消耗品扱いにし、青年を最悪の戦場へ、最も悲惨な死へとおもむかせるのである。なぜといって、連関性をうしなったこの世界には、何らの連続性もないのである。だとすれば、青年を大切にしておく必要なぞどこにあろう!

刹那的で無連関的なこの世界においては、老人——その本質が時間の持続のなかで築きあげられた経験に根ざしている老人、時間の持続性と連関性とを明瞭《めいりょう》に具現している老人——はもはや何らの意義を持ってはいない。ここでは老人は、単に人生の終末にある人間でしかない。人々は人生の発端と中間とに対してまったく無関心なのである。人々は人生を一つの全体として——発端と中間と終局とは単にそれおのおのの部分をなすにすぎないところの一つの全体として——見はしない。彼らは、老人からただ終末的なもの、使い古されたもの、片づけられてしまったもの、要するに捨てるよりほかにしかたのない塵屑《ごみくず》のみを見ているのである。だから、ヒトラーの世界においては、老人は（毒瓦斯《ガス》や暴力を用いることをあえてしてまでも）塵屑《ごみくず》として取り除かれるのである。

これに反して、連続の世界においては、老人はその独自の存在ばかりではなく、またその独自の行為を持っていた。『老人たちが老後のなぐさみに果樹栽培や、養蜂の仕事を好んで引き受けるのには、何という立派な理由があることであろう。彼らが接木《つぎき》したり接枝したりするのはすべて、もはや彼ら自身のためではなく、もっぱら孫たちのためなのであって、孫たちがはじめて、この新しく栽培された果樹の樹影を楽しむことができるのである』（ヤーコプ・グリム『老年について』）

ヒトラー時代到来のすでに何十年も以前から、『五十歳以上になると、もう若い頃のように活動的で活々《いきいき》しておれないから』などという人がよくあった。このような人々は、ヒトラーのずっと以前に、すでに連関性をうしなって、刹那的な生活をしていたのである。彼らは、まるで青春のつぎには老年が続きはしないかのように、ただ青春のための青春を、孤立した青春を生きたのであった。そして、彼らはまた、まるで老年期の以前には青春などなかったかのように、ただ老年のための老年を生きたのである。彼らは、青春には青春独自の本質があり、老年にはまた老年独自の本質があること、そして、この本質のために老年期はなければならないということを、忘れてしまっていたのだ。彼らはまた、青春と老年とはそれぞれ異なる本質を有しているにもかかわらず、しかも一人の人間のなかで固く結ばれていることにもはや気がつかなかったのである。

また彼らは、青春はそのまま老年のなかへと取り入れられ得るものであることを、もはや知らなかった。というのは、青春の活動性と生気とは、ほとんどもっぱら心理的なもののうえに基礎をおいているのであるが、しかし、大切なのは、青春のこの活動性と生気とを、心理学的基礎がもはやなくなってしまった時にも、なお維持しつづけることなのだ。老境にあって、この青春の活動性と生気とを快復《かいふく》する役目を果たすものが精神にほかならない。ちょうど青春においては心理学的なものがそうであったように、今や精神が生気の基礎をなしている。かくして老年は精神によって、青春をふたたび獲得することができるのである。ここにおいて老年は、青春の単に心理学・刹那的なものを超克《ちょうこく》し、それを精神によって持続的なものたらしめる。このようにして、青春は老年とともにあり、また老年は青春とともにある。つまり、両者は相寄《あいよ》って一体をなすのであって、今やともに手をつなぎ合っているのだ。だから人間は時間によって青春を奪い去られることはないのである」（佐野利勝氏訳）

メモ

自分の生命、愛、善意などを残したいと思ったら、臓器の提供や、病理解剖に応じることである。

解剖用の献体でもいい。部分的な臓器の提供でもいい、それによって後の人々のお役に立つことは最高の栄誉である。

私の母は八十三歳で亡くなった時、生前から希望していたとおり、角膜を提供して行った。そのことが、どれほど残された者の心を明るくしたか。母にもさまざまな、偏《かたよ》った性格があった。それに悩まされた人もいたはずであった。しかし他の人に視力を与えて行こうとした母がよもや地獄にも堕《お》ちまい。天国の端っこのほうには必ず入れてもらえるだろう、と残された家族は考えたのである。

来世は、あるという保証もないが、ないという保証もない。だから、私たちはあるほうに賭けて、母が、地獄で永遠に苦しむことはなくて済みそうなことを心から喜んだのである。

自分の死によって、残された者に喜びを与えること。

金、地位、名などを残してやれ、ということではない。戦い尽くして死んだ、という実感を、子供に与えてやることである。

よく「どうせお前たちは私の死ぬことを望んでいるんだろうから」などと嫌味をいう老人がいるが、このような言葉は人間の心理を根本から理解していないか、よほど頭が老化したかどちらかである。

たしかに姑と嫁は、ケンカもするであろう。しかし、そのことと、死んでしまえばいいと思うこととは別問題である。

なぜなら、人の死を願うということは、人間の本性と相いれない希望だからだ。人間は食料の量や住居の面積が極度に、というより異常に、少なくなるような場合とか、生命を脅《おび》やかされるほどの精神的な圧迫を加えられないかぎり、人の死を望むことだけはない。

なぜなら、人間の生理を支えているあらゆる仕組みが生の方向に必然的に向いているからで、我々は別に崇高《すうこう》な精神などを持っていなくても生に荷担《かたん》するのである。ひらたく言えば、死だけは願わないのである。もっとも、戦争や、社会的犯罪事件などで、この生の方向に向かっているべき人間の本性のぶっ壊れているような人間が多くでるが、それはあくまで、特殊な例である。

つまり、老人に与えられた義務もまた、早く死ぬことではなく、寿命を全《まっと》うすることである。どんなに仲の悪い間柄でも、年寄りに天寿を全うされないと、誰しも不愉快なのである。

七十過ぎたら、いつ死んでもいいので、万一の場合は、皆で酒を飲んで歌を歌ってくれ、と遺言している老人がいる、という。葬式は誰も泣かないようでなければいけない。生き尽くし、この生と闘い尽くし、思い残すことはない、という状態になって、死んでこそ、残るものに爽やかな気持ちが与えられるのである。

メモ

あとがき

――汚辱《おじょく》にまみれても生きよ……

「病気によってはじめて目がひらける」

「まだ若いから、こんなことが言えるのだ」という高齢の方々から批判を受けながら、私は、このメモを一応締め切らざるをえない。私より若い人々からは、「よけいな心配をしている」と思われたかもしれない。

読者は私が、このメモの中で用意しようとしたことが、おそらく不可能であることの滑稽さにも気づかれたかもしれない。

実は、どんなに用意しようと、私たちはやがては目がかすみ、耳が遠くなり、すべての機能が悪くなる。本当の老年の到来を迎えた時、私はたった一つの態度しか思いうかべることができない。それは汚辱《おじょく》にまみれても生きよ、ということである。

「風になぶられるしなやかな髪、みずみずしい唇」の少女の日も、それは一つの状態であった。目も耳もダメになり、垂れ流しになりながら苦痛にさいなまれることも、しかし、やはり一つの人間の状態なのである。願わしい状態ではないが、心がけの悪さのゆえにそうなるのではないのだから、どうして遠慮することがあろう。

人間らしい尊敬も、能力もすべて失っても人間は生きればいいのである。尊敬や能力のない人間が生きていけないというのなら、私たちの多くは、すでに青春時代から殺されねばならない。

脳性小児麻痺の子供を持つ夫妻があった。寝たきりで言葉も、「アア」とか「ウウン」としか言えないのであった。いっそのこと死んでくれたら、と思うでしょうね、と他人に言われても怒れないほどのひどい症状である。

この病気の子（といってもすでにハイティーンだったが）は、しかし、夫婦にとって生きる目的であった。この子はまったく、外界のことを理解しないように見えるけれど、たった一つ、おいしい食物を与えられた時だけ、奇妙な叫び声をあげるのだった。夫婦にはこれが唯一の楽しみであった。今度は何を食べさせて喜ばそうかと考えた。

子供が死んだ時、夫人が言った。

「お信じにならないかもしれませんが、下の息子が私たちの代わりに言ったんです。《お兄ちゃんが死んだら、天使がいなくなったみたいだね》って。他の方がごらんになったら、こういう言い方は虚偽的だとおっしゃるんじゃないかと思うんです。しかし、本当に下の息子の言葉は私たちの気持ちを代表してましたのね。彼は私どもの家の中心で輝いていて、その灯が今なくなってしまったという感じなんです、ぽっかり穴があいてしまって、その空洞を埋めがたいという感じなんです」

常識で言えば、凡《およ》そ人間としての資格をあらゆる意味で備えていない生まれつきの病人でも、そうして尊厳を保つ場合があるのである。

ひどい手術をしたあと、尿道の故障からいつもおしっこの垂れ流しの状態になっている美しい老女の話を聞いたこともある。この女《ひと》も、心がけとは何の関係もなく、そのような悲しい状態に追いこまれたのであった。どんなにしじゅう手当てをしていても、当時その家は、家中おしっこの匂いがしていた、という。

この病人は老人とはいいながら、その後、快方に向かったというが、私は、おしっこの匂いを立てながら生きることこそ、人間だと思う。それを体験しないことは、人間として、最後に一つ学ぶチャンスを失うことなのである。

安楽死の問題も、しばしば世間では問題になっている。老人にはリウマチその他何らかの理由で痛みをこらえながら、生きている人が多い。痛みは、できるだけ早く、全力をあげて取り去るように努力すべきである。完全とはいかないが、病人に我慢を強《し》いているような医療はしだいになくなりつつあるようである。

しかし死が確実に予期されるような場合、費用もかかり、痛みも長く続き、当人も死を希望している場合、なぜそれを許してはいけないか、という問題がでて来る。私自身、真先に安楽死を望みそうになる性格の一人だということを自覚しながら、かつてそのことを一人の神父に訊《き》いてみたことがあった。

「死ぬということはたった一度の経験なのだから、ゆっくり味わって死んだらどうですか」

その神父は答えた。

たった一度の経験か。なるほど、と私は思った。もっとも一回でも真平《まっぴら》という経験は多いから、私はやはり納得したわけではなかった。しかし神父が二番目にあげた理由は、フランクルの描いた、一本のカスタニエンに生の意味を見つけた収容所の中の女の話と、ほぼ似たような論理であった。

「一生の意味を見つけるのは、いつかわからないのだから」と神父は言うのであった。もちろん客観的には、確かに臨終の迫った病人は苦しみに喘《あえ》ぐか昏睡《こんすい》に陥っているだけで、とうてい思考力はなさそうに見える。しかし人間は、人間の生理について、それほど科学的にわかっているわけではない。

死の迫った病人に、時々、信じられない平安が訪れ、ほんのしばらくの間、まるで深い淵《ふち》の水のように澄んだ意識が明瞭に戻ってくるということもよく経験するではないか。そのわずかな時間に、人間は一生の総決算となるべきある思いに到達するかもしれないのだ。そのチャンスを（訪れる確率は実に低いからと言って）みすみす取り上げるようなことをしていいものだろうか。

低い確率はとるに足らぬことだから問題にしなくていい、という理論は（私は、こと自分に関してのみこのルールを採用するのがやや好きなのだが）、それはやはり一般からみれば、危険な思想なのである。それは、やはり、まだ生きている人体から臓器を抜きとって、別の人間の役に立てよう、という功利的な考え方と同じである。

人間の一生は無駄《むだ》をすることである。死という最終目標が映っている人間にとっては、もし無駄はいけないというのなら、最初から生きなくてもいいのである。

「健康、幸福。それらはすべて目かくしにすぎない。病気によって、はじめてはっきりと目がひらける」（山内義雄氏訳）とマルタン・デュ・ガールは、『チボー家の人々』において、主人公、アントワーヌの臨終の日記の中で書いているが、それは老いとも深い関係にある。「健康続きだった人間は、必然的にばか者だ」とデュ・ガールは書いているが、老いを体験するのも、もう癒《いや》されることのなさそうな病いと闘うこともまた、人間となるための条件の一つであることにはまちがいない。

そのような一種の「望ましくないこと」を体験するにあたり、もはや当人は老いのために、人間的感性を失って惚《ぼ》けているとすれば、それこそ「万歳！」ではないか。私のような怠け者は、口ではもっともらしいことを言いながら、内心では、人生の意味など悟《さと》らなくてもいいから、何もわからなくなって楽に死にたいのである。

安楽死を文字どおり薬物によって安楽に果たすには、医者や看護婦など、自ら特殊な技能を持つ人々以外、我々病人は他人の手を借りねばならぬ、ということをはっきりと思うべきである。それは他人に殺人を犯させることだし、その記憶は、相手に一生重苦しい傷あととして残るであろう。もっとも、そういうことを何とも思わない医者も今後ふえるかもしれないが……。

安楽死と、苦しみを楽にすることは別である。その点を明確に理解してくれている医者は世の中にたくさんいる。

どう考えても解決できない老人福祉問題

きわめて非社会的な私は、老年の問題を、あくまで個人主義の立場から考えて来た。私は本質的に、社会や政治が、ことに人間の魂に（肉体にではなく）何かを与えてくれるとは信じない。ボーヴォワールは、老いの存在しない理想社会についてふれている。彼女によれば、

「老いはわれわれの文明全体の挫折を露呈させる。老人の境涯を受諾しうるものとするためには、人間全体をつくり直さねばならず、人間相互のすべての関係を根本的につくり変えねばならない」

しかしそのようなことが、はたして可能なのだろうか。私は信じられない。どんな体制ができようと、人間性はあらゆる社会構造からはみ出してふくれ上がるものと私は思う。

しかし、今、私はそのような問題をとり上げる面倒から逃げ出そうと思う。ただ、ほんの少しだけ、私は老人問題を、なぜ、社会が解決してくれるとは思えないかを、多少とも現実的に客観的に、あくまで日本の国内事情から書いてみる必要があるだろう。

私の知っている統計によると、一九七二年において、六十歳以上の老年は日本の全人口の一〇％であるという。六十五歳以上は、六・七％である。

ところが、一九八五年になると、六十五歳以上は九％に達する予定である。そのころには、日本の人口も今よりはふえているのだろうから、六十五歳以上は約一千万人、とみてもいいかと思われる。

一九八五年の物価を想像することはできないが、六十五歳以上のこれらの人々に月々四万円ずつ社会が援助するということを考えてみることにする。四万円という設定は、充分なようでいて、今日でも決して豊かに暮らせる額ではない。今、かりに財産も身寄りもない寝たきりの老人が一人いて、四万円を与えられても、そこに他人の善意が加わらなければ、とうてい人間的に生存することはできまい。老人ホームその他を造るとしても、四万円で一月の生活費すべてをまかなうのは、現在の物価でもぎりぎりであろう。

しかしとにかく、平均して四万円、年に五十万円（二万円は医療費その他）を全老人に支給するとしよう。すると一千万人の老人を養うためには、五兆円が必要なのである。昔からよく戦闘機一機分の金を社会福祉にまわせば、こんなことも、あんなこともできる、というような言い方があるが、その点についても考えてみるべきだろうか。私は今、日本の防衛費を一九七二年に始まる第四次防をデータに考えてみたいと思う。これは一年間に約一兆円あまりを使うことになっている。日本の防衛費は一九六九年において国民総生産比の〇・八％で欧米列国に比べてもいちじるしく低い。米・ソ二大国や、イスラエル、北朝鮮など臨戦体制にある国は別としても、西ドイツの三・五％、イタリアの二・九％などと比べてももっと低い。というより、これほど比率の少ない国は世界の主な国に見当たらないのである。イギリス戦略研究所の『ミリタリー・バランス一九七〇―一九七一年』によると、一九六八年度において中国ですら九％、平和の国スイスは（もっとも国民皆兵だが）二・四％である。あとはいずれもスイス以上のパーセンテージを持つ。

私は日本の国防費が少なすぎるなどというのでは決してない。国防費が少なくあってこそ、国民生活は楽になる、という言い方は一応も二応も正しいのである。しかし、片や一兆、片や五兆だから国防をやめれば老人ホームが造れるということではない。

今日の時点でもう一度計算しなおしてみよう。

一九七二年において六十五歳以上の老人の数は六・七％といわれる。約七百万人である。これらの人々に年間五十万円ずつあらゆる形で金をかけるとすると、三兆五千億円である。国家予算は十一兆四千億円あまりだから、約三〇％になる。一般会計歳出の内訳の比率からみると、これは教育費一一・三％の三倍弱になる。防衛関係費は歳出の七・二％であるから、同じくそれの約三倍以上ということになる。

これだけの大きな歳出項目をふやすためには当然、歳入をふやさねばならない。金持ちから今よりもっと取ったらいい、と誰しも思うのである。ところが、これがうまくいかない。いつか新聞の投書欄に一人の老人が日本ほど税金の高い国はないという意味の投稿をしていた。しかしこれは、まったく、投書者が正確な知識を持っていないからなのである。

岩波新書の『世界経済図説』第五版（大内兵衛氏、有沢広巳氏、脇村義太郎氏、美濃部亮吉氏、内藤勝氏共著）によって、イギリス、アメリカ、ドイツ連邦共和国、フランスと日本の一九七一年における所得階級別給与所得税負担率を比較すると、実におもしろい結果がでる。

ここで採《と》り上げるのは、夫婦と子供三人という標準家庭である。日本では子供が三人もいる家庭は現実には少ないであろうが、各国との比較のために、そういう設定をしてある。

税金のかかる所得の最低額は、日本は百十七万円、それより低い、つまり低収入でも税金を取られてしまうのはイギリスの百六万円とドイツの九十六万円である。アメリカは百八十二万円、フランスは百二十三万円だから、日本よりずっと楽なように見えるが、アメリカの場合は国民所得が日本の約三倍だから、生活感覚からいくと、日本で年間約六十万円の年収のある人はもう税金を納めることになる。フランスは日本より、やや免税点が高いが、年収も日本の一・六倍だから、日本の比率になおすと、百八十七万円まで引きあげねばならない。つまり課税点においても、いわゆる低所得者はこれら諸国の中でもっとも税金を払わなくていいように守られているのである。

次に累進《るいしん》課税の率であるが、その率は日本が最も高い。年収五千万円の所得のある人の税率を比べると、高い順に左のようになる。

日　本	六七・八%
イギリス	六六・八%
アメリカ	五九・七%

ドイツ　　　　　　　　四九・三%
フランス　　　　　　三六・九%

ところが先にあげた夫婦と子供三人の標準家庭の収入とそれぞれの税率をみてみると、（パーセンテージはいずれも「約」、単位は円である）

アメリカ	六八六万	一七%
ドイツ	三五二万	一七%
イギリス	二七二万	一五%
フランス	三四九万	七%
日本	二三九万	七%

となっている。

フランスと日本は同じくらいの低率にみえるが、フランスは間接税が、歳入の六三%と異常に多い国である。間接税というのは、牛乳一本飲んでも、バター一ポンド買っても着実に、しかも金持ちも貧乏人も同じ率で税金を取られていくという制度である。それを思うと、日本の税率のほうが、標準家庭においても、まだしも楽だということになる（もっとも、日本人の生活が、たとえばまだアメリカの生活より貧しげに見えるということは本当だが、それは、土地と食料品の値段の高さが原因になっているといわれる)。

また、同じ『日本経済図説』によると次のようなことがわかる。

一九六八年の統計ではあるが、いわゆる給与所得者《サラリーマン》は、人数で全所得者数の七五・二%を占め、しかも収入は全体の八九・〇%をあげている。そして納税額は八一・〇%である。

農業所得者はどうか。

農業所得者は、数において一〇・七%、所得において一・九%、納税額において一・三%である。

事業所得者はどうか。

数において、事業所得者は一四・一%、収入において九・一%、納税額において一七・七%である。

これをもう一度書きなおす。

	人数の比率	所得額の比率	納税額の比率
給与所得者	七五・二	八九・〇	八一・〇
農業所得者	一〇・七	一・九	一・三

事業所得者　一四・一　　九・一　　一七・七

給与所得者は総所得の八九％あるのだから、比率は八九％でもいいはずなのだが、実際は八一％である。

自由業の総所得額は九・一％なのだから比率も九・一％でよさそうなものだが、一七・七％も取られている。

これは自由業の収入の程度が、給与所得者と違って一定しておらず、非常な高収入のある人と低収入の人とが入りまじっており、高収入の人の税率が高いからであろう。しかしサラリーマンが一番損だということも、これによって簡単には言えないのである。

私は何のために、これらの統計を出してきたかというと、日本はすでに、意外に徹底した富の分散が行なわれている、ということを示すためである。藩の蔵屋敷《くらやしき》や札差《ふださし》の倉のようなところを「開放」すればどっとうるおう、というような場所はないのである。アメリカのロックフェラーや、インドの藩王《ラジャー》たちのような富裕な家族は、日本にはないし、また将来も出ないであろう。日本の税法は実に厳正にきびしく、よく取りたてた。私は心からの賛辞を贈りたい。

しかしそれはとりもなおさず、もはや金は「あるところからしぼりとる」というわけにはいかない、ということを示している。
五兆の金はどこから出すか。一口に言うと国民全部が、今よりもっと税金を払うほかはない。その覚悟ができた時、初めて老人のための国家的福祉も考えられるのである。現在あるだけの金の配分を、多少やりくりするくらいで、抜本的な対策の立てられることではない。

日本人の貯蓄率は世界一だといわれる。ケチンボ、しわいと言われる西ドイツやオランダ（オランダはいわゆる割勘の本家と言われる）の倍近くである。これは日本の社会保障制度が立ち遅れているから、個人防衛をするのだ、ということになっているが、私は日本人の国民性を考えなければ、この問題は中心が見えないようにも思うのである。

小さなエピソードがそれを物語っている。九州のあまり大きくない市か、町の話である。大都会にもなかなかないような立派な老人ホームをその市が造ったのであった。ところが、入居者がどういうわけか集まらないのである。老人がいないわけではない。入らない理由を聞いてみると、おかみに迷惑をかけては申しわけない、老人ホームなどに年寄りを預かってもらうのは周囲に対して体裁が悪い、という考え方があるからであった。

おかみに迷惑をかけることはできない、と言えばきれいごとに聞こえるが、実は、日本人は一般に政府をあまり信じていない。税金をうんと取られても、社会保障が行き届いていれば、万が一のときの貯《たくわ》えはいらないのだから、別に困ることもないはずである。言い換えれば、現在の方式は、社会保障はあまりしないから、その代わり税金を比較的安くしてめいめいで貯えよ、という型である。そして、これは確かに、日本人の感覚に合っているもののように思う。

私は以上のような理由で、現在の日本の社会がこの問題を近い将来に解決できることをあまり信じていない。それは物質的な面でまず実行不可能なことのようにも思う。

ところが、この点でも、私はすでに過去において、あまりにもしばしば、間違いを犯してきた。私の予想は今までのところあまり当たったためしがない。だから、老人問題は解決されないという予想もまた、きっとはずれるに違いない。しかし、ある理想的な（誰からみて、理想的なのかわからないが）社会状況ができれば、それで人間の心が救われるということだけはまちがいなく嘘だから、私はやはり老人の生活が物質的に守られるとしても、心を救うものは自ら以外にありえないというふうに思い上がろうと考えるのである。

生と死は、老いの一時期に、急に濃密になってくる。それをいかように受けとめるかは個人の、たった一人の事業だ。それはうまくやったほうがいいとは思うが――うまくやれなかったとて、別にどうということはない。人間の成功と失敗の差は、実は意外なほど小さいと私は思う。そんなことを言うと、初めから子供たちが怠けるものだから、大人たちは大きい大きいと言っておどかしておくだけだ。

私はこのメモの最後を、私の好きな詩のどれかで締めくくりたいと考えていた。私は、考えて、タゴールの『ギータンジャリ』から数節を選んだ。しかし、読者の方々には、めいめいが、好きな詩や言葉を最後の空白なページにいつか自ら選んで書きつけられることを望む。人生にも出合いがあり、詩（死）にも、めぐり合いがあるはずである。

「おお、生涯の最後の仕上げである死よ。私の死よ、ここに来て私にささやいてくれ。毎日私はあなたが来るのを待ち設《う》けていた。あなたのために私は人生の喜びと痛みとに耐えてきた。

私のすべての存在、私のすべてのもの、私の望みと愛のすべては、いつも秘《ひそ》かにあなたにむかって流れていた。あなたが最後に一度だけ目くばせをすれば、私の生命は永遠にあなたのものとなるであろう。

花は編《あ》まれた。そして花婿《はなむこ》のために花環《はなわ》の用意ができている。結婚式がすむと、花嫁は自分の家を出て、人気《ひとけ》のない夜、ただ一人で花婿にあうのだ。

私は知っている、やがていつの日にか私はこの世で見る力を失うであろう。そして生命は私の眼のうえに最後の帳《とばり》をたれ、黙って立ち去るであろう。

それでもやはり前と同じように、星は夜どおし起きているし、朝は目をさますであろう。そして時々刻々は海の浪のようにもりあがって、喜びと苦しみをもたらすであろう。

私の刹那《せつな》刹那がついにこのように終局にいたることを思うとき、刹那刹那の堰《せき》がやぶれ、死の光に照らしだされたあなたの世界が、苦労を知らぬ宝にみちているのを、私はまのあたりに見る。そこではどんな賤《いや》しい座でもすばらしく、どんなにみすぼらしい生命でもすばらしい。

私が求めて得られなかったもの、また得ることができたもの——みな用はない。だが私がかつてしりぞけたもの、見のがしていたもの、それを私はまことに手に入れたいのだ。

お別れだ。さようなら、兄弟たちよ。あなた方みなさんにお辞儀をして私は出かける。

私の戸口の鍵をさあお返しする――そして私は自分の家の権利をすべて放棄する。ただお別れに、あなた方から親切な言葉が聞きたい。永いあいだ近所どうしであったが、私からさしあげるよりも、貰《もら》うほうが多かった。今や夜があけて、私の暗い隅を照らしていた燈火が消えた。お召しが来た。私は旅支度ができている。

今別れるにあたって私を祝福してくれ、友だちよ。空は暁《あかつき》の光をおびて、私の行く手は美しい。私が何をたずさえて行くのか、それはたずねてくれるな。私はから手で旅に出るが、心ははずんでいる。私は自分の結婚式の花環を身につけよう。私はくすんだ色の旅支度をしない。そして、途中で危険があるにしても、私は恐れない。

私の旅行がすんだとき、宵の明星《みようじよう》が輝くであろう。そして夕闇のメロディーの物悲しい調べが城の正門からひびいてくるであろう」（渡辺照宏氏訳）

昭和四十七年

二番めのあとがき

前のあとがきより十年が過ぎた今も、日本は幸運にも、まだ平和と繁栄の中にいる。人にも運のいい人と悪い人がいるように、国家にも幸運な国と悲劇的な国とがあるようである。日本はその中の、類例を見ないほどの幸運な国と言えるかもしれない。

しかし物質的にすべての人々が豊かになり、長い寿命が約束されるようになってから、初めて人間が魂において満たされて生きるということは、それらのことと別の問題だという重大な点がわかってきたのではないかと思う。

近代社会では、貧困は悪である。短命も悪である。しかし、人間の精神には、貧困は時には罹患《りかん》せず、豊富の中にあって初めて苦しむという奇妙な不幸感もあり、短命な時代には考えられもしなかった長寿による残酷な晩年もある。だからといって、社会に貧しさや短命があっていいというわけではない。ただこれこれの社会になれば、総《すべ》ては解決する式の単純な進歩主義者の幻に私たちが引きずられたら大変ということである。

世界中に、日本ほど政治の理念にも日常の生活にも神のいない国は珍しい。いなくてもやっていければそれで構わないのだが、これからさき日本人は、物質が解決し得ないさまざまなことに出会うであろう。「人はまずパンで生きる」と思い、それを実行して来たあとに、「人はパンだけで生きるものではない」ことが強烈にわかって来る。そして、この肉体と精神の飢餓感はどちらをも選びがたいほど辛いものだということも、その時に初めて実感するのである。パンがあれば解決する、と思えた時代はまだしも楽であった。物がありながら精神の飢餓を救うことのほうが、社会にとっても個人にとってもはるかに困難な作業なのである。

アッシジの聖フランシスコという人は、富裕な商人の息子に生まれ、若い時には世俗的な立身出世にも人並みに憧れながら、一切を捨てて乞食坊主のようになった。彼は物質と精神と、どちらか一つを採《と》るとなったらどちらを満たされるほうがいいか、とくと考えてその一つを選びとった人だろう、と思う。

私はこのごろ、晩年における四つの必要なことは、許容と納得と断念と回帰であろうと思うようになった。この本の各項目は、部分的にこれらのことに触れてはいる。すなわち、この世に起こり得るすべての善も悪も、何らかの意味を持つと思えることが許容であり、自分の身に起こったさまざまのことを丹念に意味づけしようとするのが納得である。

宗教的に言えば、それは神の意志を、自分の上に起こるすべてのことに見ようとする努力である。望んでも与えられなかったことが、どの人間の生涯にもあり、その時執着せずにそっと立ち去ることができれば、むしろ人間はふくよかになり得ると思えることが断念である。そして回帰は、死後どこへ還《かえ》るかを考えることである。無でもいいが還るところを考えないで出発することはおろかしい。「時は縮まっている」と聖パウロは現世の過ぎ去ることの早さを警告した。私の好きな言葉である。

昭和五十七年

三番めのあとがき

観念で老齢を書くのではなく、老人の当事者になったら再び内容を改定するように、という編集部の命令は至極当然のものだと思ったから、私は最初の時から数えると二十四年ぶりに、この本に再び手を入れることにした。途中で一度、整理をしたことはあるのだが、今度は少し時間をかけて補足した。

と言っても書き直した部分はわずかで、ほとんどは書き足しであった。出来上がったものに対して、編集部は、「完本」とすると言うので、私はかなりたじろいだ。理由は単純なものであった。人間のすることに完全などあるはずがない。ただ作家の場合、これで死ねば完本だろう。しかし、死ななければ読者を騙《だま》すことになる。

しかしそれもいいだろう、と私は考え直した。

ここ数年、私はもう身の回りに起きる小さな事に、抗《あらが》うのをやめる気分になっていた。私に関係のある事件の結果にも、責任を取ろうとしなくなっていたと言うほうがいいかもしれない。

私が決して願わなかったことなのに、どうしてもそうなってしまったことが、私の生涯にもずいぶんあり、それはもはや自分が責任を取ろうにも、どうにもならない範疇《はんちゅう》のものだという実感があったからだろう。それに読者を騙すなんてことくらい、どれほどの悪でもないだろう……

これが老化の狡《ずる》さと楽しみという境地だろうか。叱《しか》られたら、首を竦《すく》めて笑っている、という姿である。

しかし、完本だか不完本だかを終えるに当たって、私はやはり最近気がつきだした人間の大きな落とし穴については、触れておくべきかもしれない、と思うようになった。これは必ずしも日本の老人だけが受ける病的な影響ではなく、日本全体、ことに子供が受ける大きな影響でもある。

それは、食べることとすなわち生きることに関する不安がなくなると同時に、人間は大きな不満と不安に取りつかれるという皮肉な因果関係である。

今から三十年ほど前、私はインドで日本人のドクターや看護婦さんが経営するハンセン病の病院にいた。もちろん小説を書くのに、いささかの勉強が必要だったからである。

インドにはその時、推定五百万人の患者がいると言われていた。そして彼らの九十九パーセントまでは貧しい人たちだった（ありがたいことに、ハンセン病は、もう間もなく終息宣言を出せるところまで、患者数は減って来た）。当時も患者に対しては、無料で薬を出していたのだが、その薬を自分は飲まないで、そのまますぐ売ってしまうような人も珍しくなかった。そうすれば、自分の妻子に食べ物を買い与えられるからであった。だから、初診で病気ではない、と診断された患者たちの中には喜ぶどころかドクターの前を立ち去らず、何とかしてハンセン病と認定してくれ、と交渉する人もいた。

患者の中の一人に歯抜けのおじいさんがいた、と書こうとしてためらっている。恐らく私がおじいさんと思った人は、四十か、四十五くらいだったのではないかと思う。

その人は古手の患者で、病院の人ともお馴染《なじ》みだったのだが、その日はいつにもなく、萎《しぼ》んだ口をいっぱいに開けて笑っていたのである。娘が嫁に行ったのだ、というのがその笑顔の理由であった。インドの青年は若く結婚して、娘はまたハイティーンでお嫁に行くから、四十歳の花嫁の父なんて珍しくもないのである。

彼は、祝いだから私たち皆で食べてくれ、と言って、新聞紙に包んだものを看護婦さんに渡した。インド人の患者たちに対しては、診察も投薬もハンセン病ならば無料だったし、彼らのほうも、礼を言う人もめったにいなければ、ましてやドクターやナースに、お礼の品を持ってくるという人もごく稀《まれ》だったから、これはほんとうに珍しいできごとだった。開けてみると、中には二十個くらいの菓子が入っていた。

私は同じような菓子が町の店や道端で売られているのを見ていた。私は甘いものがそれほど好きではないし、そのような菓子には、埃《ほこり》がかかっているのは間違いない上、ハエとハチが西瓜《すいか》の種を蒔《ま》いたようにたかっていたので、買って食べようと思ったこともなかった。しかし花嫁の父の祝いの気持ちは無にできなかった。

私は菓子を一つもらい、一口口に入れた。脳天まで伝わるほどの強烈な甘さであった。他の味がよくわからないほどであった。しかし私は、この菓子が持っていた幸福の重さをその時嚙《か》みしめたのであった。

日本では、このような素朴な菓子は、もはや人々に幸福を与えなくなってしまっていた。太るからいらない、とか、甘すぎていや、とか言って忌避《きひ》するのである。

しかしこの花嫁の父にとって、病院のスタッフにまで甘い菓子を配れるというような晴れがましい機会は、もう二度とあるかないかのできごとなのであった。そして、彼の属する社会では、この強烈な甘さを持った菓子は、その甘さに比例するほど、強烈な人生の幸福を意味していた。

老年は、自分で幸福を発見できるかどうかに関して責任がある

病気と健康、貧困と豊かさ。どちらがいいかと言われれば、もちろん後者のほうがいい、ということは明瞭である。しかしそこに幸福を見いだすかどうかということになると、全く別の問題である。

食うや食わずの貧困の中で暮らす人を、私はたくさん見た。私は少なくとも六十代の前半を、アフリカ、南米、中近東、アジアの一部で、世界的なレベルの貧困を学ぶことに当てていた。貧困を「見る」と言うのも、「学ぶ」と言うのも、それは、私が外側から、貧しい人々の苦悩を眺《なが》めているような思い上がった非礼を匂わせるから私は嫌いであった。

しかし、それなら何と言ったらいいのだろう。誤解されるのを恐れて止めていたら、日本人で貧困を知る人も、貧困について語る資格のある人も、一人もいないことになる。

今日、食べるものがない人にとって、夕飯に一切れのパンにありつくことは、全世界を満たすほどのすばらしい偉大な幸福を手にすることである。しかし贅沢《ぜいたく》に馴れた日本の子供にとって、おかずもなくバターもないパン一切れを夕食に与えられることは、不満と惨《みじ》めさの極になる。

日本の年寄りさえも、このからくりのわからない人が増え始めた。豊かになればなるほど、不満な年寄りは増えるだろう。社会が整備されればされるほど、社会に不満を抱く人も多くなるだろう。

「私は裸で母の胎《たい》を出た」というのは、旧約聖書の中で何度か繰り返される言葉だが、ほんとうに私たちは、例外なく誰もが、才能も金も着物も体の強さも、何も持たずにこの世に生まれたのである。それを思えば、すべて、僅《わず》かでも与えられていることは偉大な恩恵であった。

老年の幸福は、この判断ができるかどうかだろう。老年は（惚《ぼ》けるまでは）、幼児と違って、自分で幸福を発見できるかどうかに関して責任がある。最後の腕の見せどころなのである。

平成八年春

メモ

（この作品は、平成十一年九月、小社から文庫判として刊行したものに加筆・修正したものです）

完本《かんぽん》　戒老録《かいろうろく》　増補新版《ぞうほしんぱん》
——自《みずか》らの救《すく》いのために

令和元年５月10日　初版第１刷発行

著　者　曽《そ》野《の》綾《あや》子《こ》
発行者　辻　浩明
発行所　祥《しょう》伝《でん》社《しゃ》
〒101-8701
東京都千代田区神田神保町3-3
☎03(3265)2081(販売部)
☎03(3265)1084(編集部)
☎03(3265)3622(業務部)

印　刷　堀内印刷
製　本　積信堂

ISBN978-4-396-61684-7 C0095
祥伝社のホームページ・http://www.shodensha.co.jp/